Max Held

Wild Claws

Der Biss des Alligators

Max Held

Max Held wurde in Nairobi geboren. Schon immer interessierte er sich für Tiere, und so verbrachte er endlose Stunden mit der Beobachtung von Gorillas, Krokodilen und Jaguaren. Als Erwachsener arbeitete er in Nationalparks rund um die Welt, bevor er sich schließlich in Deutschland niederließ und damit begann, seine Abenteuer in Form von Kinderbüchern niederzuschreiben. Treue Begleiterin seit vielen Jahren ist seine Vogelspinne Elfriede.

Timo Grubing

Timo Grubing, 1981 in Bochum geboren, ist nach seinem Designstudium in Münster in seine Geburtsstadt zurückgekehrt. Dort lebt und arbeitet er als freier Illustrator für Kinder- und Jugendbücher, Schulbücher oder auch für Familienspiele und Rollenspiele. Seine Begeisterung für schuppige Tiere geht so weit, dass er liebend gern einen Drachen als Haustier hätte, und wäre der Traum, Illustrator zu werden, nicht in Erfüllung gegangen, so würde er als Tierpfleger im Jurassic Park arbeiten.

Max Held

WILD CLAWS

Der Biss des Alligators

Mit Illustrationen von Timo Grubing

In der Reihe *Wild Claws* von Max Held
sind bisher erschienen:
Wild Claws. Im Auge der Python (Band 1)
Wild Claws. Der Biss des Alligators (Band 2)

FSC
www.fsc.org
MIX
Papier aus verantwortungsvollen Quellen
FSC® C110508

1. Auflage 2019

Cover- und Innenillustrationen: Timo Grubing
Umschlaggestaltung: Juliane Lindemann
Gesamtherstellung: Westermann Druck Zwickau GmbH
ISBN 978-3-401-60454-1

Besuche uns unter:
www.arena-verlag.de
www.twitter.com/arenaverlag
www.facebook.com/arenaverlagfans

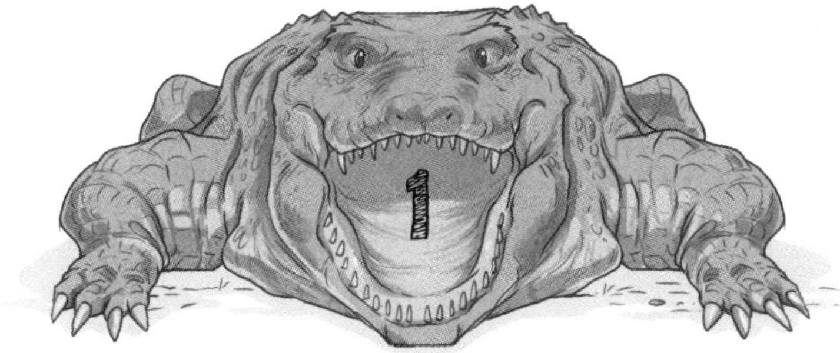

Das kleine Flugzeug wurde heftig durchgerüttelt. Der Sturm zerrte an den Tragflächen. Regentropfen schlugen wie Gewehrkugeln auf die Cockpitscheibe.

»Das hält die Mühle nicht mehr lange aus!«, brüllte der Pilot.

»Dann geh runter!«, rief der Mann auf dem Nebensitz.

»Mitten im Sumpfland? Unmöglich! So was geht nur mit 'nem Wasserflugzeug, nicht mit der Piper.«

»Und wie lautet dann dein Vorschlag?«

Der Pilot umklammerte das Steuerhorn fester.

»Wir schaffen das schon«, knurrte er und hielt seinen Blick starr nach vorn gerichtet. Die klagenden Laute aus dem Frachtraum nahm er kaum wahr. Er musste durch den Sturm. Irgendwie. Auch wenn die Chancen mehr als schlecht standen.

Plötzlich blendete ihn ein helles Licht. Dann ging ein Ruck durch die Maschine. Das Flugzeug geriet ins Schlingern.

»Was ist passiert?«, schrie der Co-Pilot.

»Ein Blitz ist eingeschlagen! Und hat irgendwas beschädigt.«

Noch ein Ruck. Heftig! Die Piper zitterte, als stünde sie unter Strom.

»Wir schmieren ab!«, brüllte der Pilot und versuchte mit aller Kraft, dagegen anzusteuern. »Nimm das Funkgerät! Melde Mayday!«

Der Mann auf dem Nebensitz schüttelte den Kopf. »Das können wir nicht machen.«

»Aber ich kann die Maschine nicht mehr länger halten!«

»Dann lande, verdammt noch mal!«

Der Pilot drehte den Kopf zu seinem Sitznachbarn. Einen Augenblick lang starrten sich die beiden Männer wortlos an. Dann nickte der Pilot unmerklich und drückte das Steuerhorn nach vorne. Die Nase der Piper senkte sich. Die Maschine verlor an Höhe.

Noch immer nahm der prasselnde Regen dem Piloten jede Sicht. Laut Höhenmesser waren sie dem Boden ziemlich nahe. Wenn es ihm gelang, auf einer der zahlreichen Wasseradern aufzusetzen, könnte das Manöver gelingen. Aber dafür musste er sanft aufsetzen, sehr sanft ...

Völlig unvermittelt tauchte eine grüne Wand vor ihnen auf. Die Piper raste in sie hinein. Die Propeller verfingen sich in den Baumkronen. Der Flug wurde abrupt gestoppt.

Die beiden Männer wurden ruckartig nach vorne gerissen. Ihre Köpfe schlugen auf die Instrumentenkonsole.

Bewusstlos blieben sie in ihren Gurten hängen. Blut rann über ihre Gesichter. Dann neigte sich die Maschine langsam nach vorne und rutschte hinab in ihr grünes Grab.

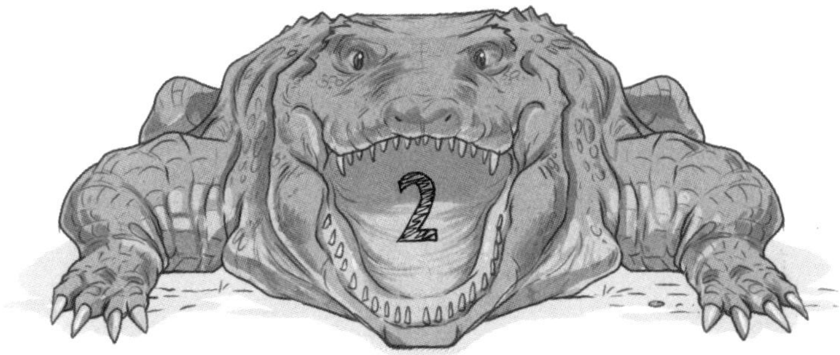

Mit hundert Sachen jagte der Helikopter über das Marschland hinweg. Ein Schwarm Flamingos fühlte sich kurzzeitig vom Motorengeräusch gestört und flatterte auf. Aber nachdem die rosafarbenen Vögel mit den langen Hälsen und den gebogenen Schnäbeln eine Runde gedreht hatten, ließen sie sich wieder im knietiefen Wasser nieder und setzten ihre Suche nach Insekten und kleinen Fischen fort.

Jacob Matthews ließ die Digitalkamera auf seinen Schoß sinken, klappte das Headset-Mikro seines Helms nach oben und drehte sich zu dem Mann auf der Rückbank um, der sich mit beiden Händen an seinem Sitz festklammerte.

»Alles in Ordnung?«, schrie er gegen den brüllenden Lärm des Rotors an.

Der Mund des Mannes bewegte sich.

»Was?«

»Vielleicht kann deine Mum etwas langsamer fliegen«, brüllte der Mann und nickte zur Frau auf dem Pilotensitz.

»Dann brauchen wir ewig, um die Stationen abzuklappern!«, brüllte Jack zurück. »Und sind noch länger in der Luft unterwegs.«

Der Mann antwortete nicht. Sein Gesicht verfärbte sich grün.

Jack zuckte mit den Achseln. »Wenn Sie darauf beste-

hen.« Er drehte sich zu seiner Mum. Aber plötzlich beugte sich der Mann nach vorne.

»Geht schon«, brüllte er. »Ich schaff das.«

»Sind Sie sicher, Doktor Harrington?«

Der Mann nickte. Dann klammerte er sich wieder an seinen Sitz und starrte aus dem Seitenfenster auf die sich endlos hinziehende Sumpflandschaft.

Jack drehte sich wieder nach vorne. Doktor Harrington tat ihm leid. Mit Flugangst in einem Helikopter zu sitzen und tagelang kreuz und quer über die Wildnis zu jagen, war alles andere als angenehm. Noch dazu, wo Harrington panische Angst vor wilden Tieren hatte, wie er Jacks Mum kurz nach seiner Ankunft gestanden hatte. Und wilde Tiere waren im Everglades Nationalpark keine Seltenheit. Alles in allem also schlechte Voraussetzungen für einen Trip durchs Naturschutzgebiet. Aber Harrington hatte sich ja auch nicht freiwillig gemeldet, wie er mehrfach betont hatte.

Er war Hydrologe an der Universität von Miami und untersuchte im Auftrag der Regierung von Florida die Wasserstände im Everglades Nationalpark. Wegen der großen Extreme bei Regen- und Trockenzeit schwankten diese sowieso schon stark. Im Zuge der Besiedlung Südfloridas waren zudem weite Teile des Sumpfgebiets trockengelegt worden. Das Wasser des Okeechobee, des großen Sees im Norden der Everglades, der das Marschland während der Regenzeit zusätzlich flutete, war zur Versorgung der Bevölkerung und Bewässerung der Ackerflächen abgezweigt worden. Dadurch waren die Wasserstände in den gesamten Everglades und besonders im südlich gelegenen Nationalpark immer weiter abgesunken, worunter nicht nur die Pflanzen-, sondern auch die Tierwelt litt. Viele Arten waren bereits ausgestorben, andere waren stark gefährdet.

Mit zahlreichen Schutzmaßnahmen war in den vergangenen Jahren versucht worden, das ökologische Gleichgewicht wieder herzustellen. Die permanente Messung der Wasserstände bildete dabei eine wichtige Grundlage, denn nur dadurch konnten die Forscher die Veränderungen über einen langen Zeitraum beobachten. Insgesamt gab es einhundertsieben Stationen auf der sechstausend Quadratkilometer großen Fläche des Nationalparks. Sie übermittelten ihre Daten zwar über Funk an die Messstation in Miami. Aber die Sensoren erwiesen sich als ziemlich störanfällig und mussten immer wieder neu justiert werden. Das übernahm normalerweise Pete Dillinger, ein junger und lockerer Biologe aus Miami, der ganz nach Jacks Geschmack war. Leider war er vor ein paar Tagen beim Surfen von einem Hai in die Wade gebissen worden und fiel damit aus.

»Der wollte mich nicht fressen, nur mal kosten«, hatte er Jack am Telefon berichtet. »Aber ich hab ihm wohl nicht geschmeckt.« Und dann hatte er herzhaft gelacht.

Die Universität schickte daraufhin den übergewichtigen Doktor Harrington als Vertretung. Und der war aus einem ganz anderen Holz geschnitzt als Pete Dillinger.

»Haben wir eigentlich Kotztüten an Bord?«, fragte Jack seine Mum über das Mikrofon seines Headsets.

Candle Matthews warf ihrem Sohn einen überraschten Blick zu. »Ist dir schlecht?«

»Mir nicht, aber ihm.« Jack wies mit dem Daumen nach hinten.

Candle warf einen raschen Blick zurück. Doktor Harrington hockte bewegungslos auf seinem Sitz, den Blick starr nach draußen gerichtet.

»Wir sind ja gleich da«, sagte Candle ins Mikro. »Wenn er es nicht aushält, soll er die Tür aufschieben und den Kopf raushalten. Hauptsache, er fällt nicht raus.« Damit widmete sie sich wieder dem Fliegen des Helikopters.

Jack liebte seine Mum. Sie hatte einen wunderbar trockenen Sinn für Humor. Außerdem war sie Pilotin und flog einen Hubschrauber. Was wollte man mehr?

Jack und seine Eltern lebten in Devils Horn, einem kleinen Ort mitten im Nationalpark, der aus einer Rangerstation und einer Handvoll Häuser bestand. Die meisten ehemaligen Bewohner waren nach den Verwüstungen durch mehrere Tropenstürme weggezogen, viele nach Homestead, dem nächstgrößeren Ort außerhalb des Nationalparks. Auch Candela und Bob Matthews hatten darüber nachgedacht, Devils Horn den Rücken zuzukehren, zumal

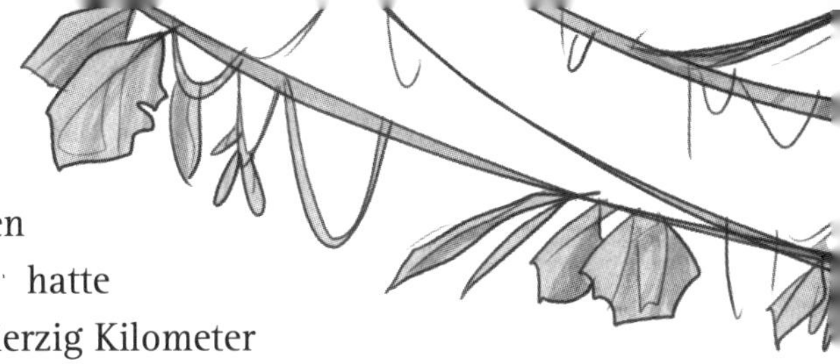

die Flugschule, die sie betrieben, ihren Sitz in Homestead hatte und sie die knapp vierzig Kilometer täglich entweder mit dem Propellerboot oder mit dem Auto auf der einzigen Straße, die durch das Sumpfgebiet führte, zurücklegen mussten.

Letzten Endes hatten sie sich für Devils Horn entschieden, denn der Nationalpark bot ein unvergleichliches Erlebnis der Natur, das in dieser Form kein zweites Mal in Nordamerika existierte. Die Everglades beheimateten Tausende Tier- und Pflanzenarten, und viele von ihnen gab es nirgendwo sonst auf der Welt. In den Sümpfen tummelten sich Alligatoren und Krokodile, durch die Wälder streiften Pumas und Schwarzbären und in den tieferen Gewässern schwammen Seekühe. Gewaltige Spinnen und riesige Skorpione huschten durch die Kiefernwälder und zwischen den Mangroven im Süden, die das Süß- vom Seewasser trennten, lebten zahllose Fischarten. Die Luft war erfüllt vom Summen der Insekten und Zwitschern der Vögel. Es war wie im Paradies.

Deshalb blieben Jacks Eltern in Devils Horn. Und natürlich auch wegen Logan, dem besten Freund ihres Sohns, dessen Mum die Rangerstation *Wild Claws* leitete. Jack und Logan hatten gemeinsam schon einige Abenteuer erlebt. Und allein für den täglichen Trip mit dem Propellerboot zur Schule nach Homestead wurden sie von vielen Mitschülern beneidet. Devils Horn lag vielleicht am Ende Welt – aber das Ende der Welt war gleichzeitig auch der Garten Eden.

Der Helikopter näherte sich einer Insel aus Königspalmen, die sich aus einem großen See erhob. Ein Alligator huschte ins Wasser, ein zweiter verharrte regungslos auf seinem Platz am Küstenstreifen. Jack nahm ihn mit seiner Kamera ins Visier und zoomte an ihn heran. Auf dem schuppigen Panzer der Echse prangten mehrere dunkle Flecken.

»Mit dem Alligator da unten stimmt was nicht«, sagte Jack.

»Was ist mit ihm?«, fragte Candle.

»Ich weiß nicht. Er sieht irgendwie komisch aus.« Jack drehte sich zu seiner Mum. »Lass uns kurz nachsehen.«

Candle warf einen Blick auf die Uhr im Instrumentenbrett vor sich. »Es ist schon spät. Und wir sollten noch ein paar Stationen schaffen. Wir haben keine Zeit für Rundflüge.«

»Vielleicht ist er krank. Dann müssen wir das der Station melden.« Jacks Gesicht nahm einen ernsten Ausdruck an. »Bitte, Mum.«

Candle seufzte. »Also gut.« Sie zog den Steuerknüppel zurück und drückte ihn leicht zur Seite. Der Helikopter verringerte seine Geschwindigkeit und neigte sich in eine Rechtskurve.

»Was ist los?«, meldete sich Doktor Harrington vom Rücksitz. »Warum kehren wir um?«

»Wir sehen uns nur kurz einen Alligator an«, versuchte ihn Jack zu beruhigen.

»Einen Alligator? Muss das sein?«

Aber Jack antwortete nicht, denn jetzt kam der Küstenstreifen der Insel wieder in sein Blickfeld. Noch immer lag das Tier regungslos knapp neben der Wasserlinie.

Candle senkte den Hubschrauber, an dessen Kufen zwei breite Schwimmer montiert waren, langsam herab. Der Rotor drückte das Wasser in konzentrischen Kreisen zur Seite. Dann setzte die Maschine auf. Jack nahm den Helm ab und stieß die Tür auf.

»Warte mal«, hielt ihn seine Mum zurück. »Wenn mit dem Tier wirklich etwas nicht stimmt, sollten wir lieber auf Nummer sicher gehen.«

Sie öffnete eine kleine Box neben dem Sitz, entnahm ihr einen Revolver und checkte die Trommel. Sie war mit sechs Kugeln gefüllt.

»Ist der Alligator krank?«, fragte Doktor Harrington.

»Auf mich wirkt er eher tot«, erwiderte Jack. »Aber das wissen wir erst, wenn wir ihm in die Augen sehen.«

»In die Augen?« Doktor Harringtons Gesicht wurde kreidebleich.

»Sie bleiben hier«, ordnete Candle an und öffnete die Tür auf ihrer Seite. Sie stieg auf den Schwimmer und sprang von dort ins Wasser, das ihr bis über die Knie reichte. Jack tat dasselbe auf seiner Seite. Dann wateten sie gemeinsam zur Insel. Dass ihnen ein Alligator im Wasser auflauerte, war eher unwahrscheinlich: Wegen des Helikopterlärms waren vermutlich alle Reptilien geflüchtet. Alle, bis auf den Alligator, der rund zwanzig Meter weit von ihnen entfernt lag. Er rührte sich nicht.

»Was genau ist dir eigentlich aufgefallen?«, fragte Candle, während sie langsam in seine Richtung gingen.

»Ein paar dunkle Flecken«, erwiderte Jack. »Als wäre der Panzer an mehreren Stellen zerdrückt.«

Candle zog die Stirn kraus. »Zerdrückt?«

Jack seufzte. »Ich weiß auch nicht, wie ich es besser sagen soll.«

»Dann sehen wir uns das mal aus der Nähe an.« Candle spannte den Hahn am Revolver.

Schritt für Schritt kamen sie dem rund zwei Meter langen Reptil näher. An Land wirkte der rund dreißig Kilogramm schwere Körper eher behäbig. Aber das täuschte. Ein Alligator dieser Größe konnte auf kurzer Strecke bis zu zwanzig Stundenkilometer schnell werden und einem flüchtenden Menschen damit echte Probleme bereiten.

Auch seine Reaktionen waren blitzschnell. Auf einer Alligatorenfarm hatte Jack mal beobachtet, wie der Trainer aus Versehen über den Schwanz eines vier Meter langen Alligators gestolpert war, der träge auf dem Asphalt neben dem Bassin lag. Noch bevor der Mann den Boden erreicht hatte, war das Tier herumgewirbelt und hatte das Bein des Trainers gepackt, um ihn ins Wasser zu ziehen und dort zu ertränken. Nur der schnellen Reaktion eines Sicherheitsbeamten war es zu verdanken, dass die Attacke glimpflich ausging. Er feuerte seinen Revolver in die Luft ab, woraufhin der Alligator den Trainer losließ und in den Fluten verschwand. Ein paar Tage später las Jack im Internet, dass die Wunde am Bein des Trainers mit vierundvierzig Stichen genäht werden musste. Und damit hatte der Mann noch Glück gehabt, denn wenn es dem Alligator gelungen wäre, ihn ins Wasser zu ziehen, wäre sein Tod unvermeidlich gewesen.

Auch Jacks Mum hatte den Revolver lediglich zum Erschrecken mitgenommen. Einen attackierenden Alligator mit einer Kugel stoppen zu wollen, war nicht sehr aussichtsreich. Der laute Knall hingegen verschreckte die Tiere meist, sodass sie rasch das Weite suchten. Auch das Rotorgeräusch eines Hubschraubers veranlasste sie normalerweise zur Flucht. Dass sich der Alligator vor ihnen davon nicht hatte verscheuchen lassen, war kein gutes Zeichen. Und obwohl sich Candle eigentlich nicht so schnell von irgendetwas einschüchtern ließ, spürte Jack eine gewisse Nervosität bei seiner Mum.

Er zeigte auf den Panzer des Reptils, der mehrere dunkle Stellen aufwies.

»Das sind Prellungen«, sagte Candle. »Als ob er mit einem Baseballschläger geschlagen worden wäre.«

»Die Pupillen sind trübe«, stellte Jack fest. »Das Tier ist tot.«

»Wir drehen ihn um.« Candle verstaute den Revolver in ihrem Hosenbund. Sie und Jack packten jeweils ein Bein des Reptils und rollten es auf den Rücken.

Der Anblick verschlug ihnen den Atem. Der Alligator war fast über die gesamte Unterseite aufgeschlitzt.

Jack und seine Mum hatten einige Mühe, den Alligator ins Wasser zu schleifen. Dort schwamm er glücklicherweise an der Oberfläche und sie konnten ihn problemlos zur Seitentür des Helikopters bugsieren.

»Rücken Sie mal ein Stück!«, rief Candle Doktor Harrington zu, nachdem sie die Schiebetür aufgezogen hatte.

»Sie wollen das Viech doch nicht etwa mitnehmen!«, rief der Hydrologe entsetzt aus.

»Das Viech ist ein Alligator«, erwiderte Candle. »Wir bringen ihn zur Rangerstation. Dort wird untersucht, was mit ihm geschehen ist.«

»Und was ist mit den Messstationen?«

»Die müssen warten. Der Alligator ist keines natürlichen Todes gestorben. Aber nach dem Werk eines Wilderers sieht es auch nicht aus. Das bedeutet: Irgendjemand oder irgendetwas schleicht durch den Sumpf – und ist weit gefährlicher als ein Wilderer. Das müssen wir der Rangerstation melden. Und das Beweisstück nehmen wir gleich mit.«

Sie verfrachteten den Kadaver in den Helikopter gleich neben Doktor Harrington, der die Aktion mit bleichem Gesicht verfolgte.

»Wenn Ihnen das nicht recht ist, können Sie auch gerne hier im Sumpf warten, bis wir wieder zurück sind«, schlug ihm Candle vor.

Der Hydrologe schüttelte hektisch den Kopf und drängte sich in die hinterste Ecke der kleinen Kabine. Jack und seine Mum stiegen ins Cockpit. Candle ließ den Rotor an. Kurz darauf hob sich das schwere Fluggerät aus dem Wasser und nahm Kurs auf *Wild Claws*.

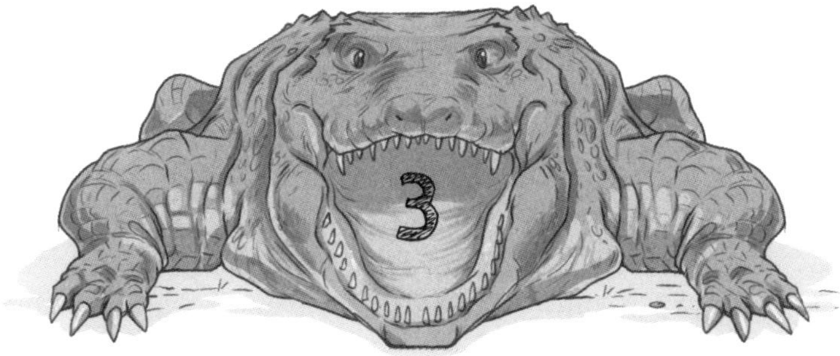

Die Rangerstation *Wild Claws* lag im Süden des Everglades Nationalparks und bildete das Zentrum von Devils Horn. In mehreren Gebäuden und Freigehegen beobachteten und pflegten die Wildhüter kranke oder verhaltensauffällige Tiere, untersuchten Flora und Fauna und organisierten Führungen für Touristen.

Herzstück der Station war das Hauptgebäude, in dem neben Büros und Lagerräumen auch ein Labor und ein Operationssaal untergebracht waren. Vom Hauptgebäude führte die Croc-Bridge, eine schmale Holzbrücke, über ein abgezäuntes Areal Sumpfgebiet, in dem bis zu zwanzig Krokodile und Alligatoren untergebracht werden konnten. Am Ende der Brücke gelangte man zum Besucherzentrum, in dessen geräumigem Foyer eine Ausstellung über die Tier- und Pflanzenwelt der Everglades informierte sowie Besuchergruppen in Empfang genommen wurden. Auf dem Gelände dahinter befanden sich mehrere Freigehege und zwei große Wasserbassins. Das Schlusslicht des Areals bildete das Gästehaus, in dem Wissenschaftler ein kleines, aber gemütliches Heim vorfanden.

Die Station wurde seit fünf Jahren von Sarah Davis geleitet. Neben den beiden fest angestellten Rangern Basil und Tramp halfen ihr täglich rund ein halbes Dutzend

Studenten aus Miami und anderen Orten. Zusätzlich war fast immer ein Tierexperte, Naturschützer oder sonstiger Umweltspezialist zu Besuch, der die heimische Tier- und Pflanzenwelt untersuchte.

Nachdem Jacks Mum den Helikopter auf dem Parkplatz der Station gelandet und Basil und Tramp den toten Alligator ins Haupthaus getragen hatten, brach Candle Matthews wieder mit Doktor Harrington auf, um noch einige Messstationen zu checken – auch, wenn das Gesicht des Hydrologen immer noch ziemlich blass war.

Jack flog nicht wieder mit, weil er mit seinem besten Freund Logan bei der Untersuchung des Kadavers dabei sein wollte. Es interessierte ihn brennend, was mit dem Tier geschehen war.

»Wo ist Charlotte?«, fragte er Logan, als die beiden Richtung Haupthaus gingen.

Sein Freund zuckte mit den Schultern. »Sie und ihre Eltern wollten eigentlich schon vor einer Stunde hier sein. Keine Ahnung, wo die bleiben.«

Charlotte Pryser ging erst seit wenigen Wochen in Jacks Klasse. Sie war neu in den Everglades und lebte bei Pflegeeltern in Homestead. Nach dem Skandal um das verseuchte Wasser, den sie gemeinsam mit Jack und Logan aufgedeckt hatte, wollte Charlotte ihren neuen Eltern *Wild Claws* zeigen und hatte sich für heute mit Logan und seiner Mum verabredet. Allerdings konnte auf dem rund vierzig Kilometer langen State Highway 9336 alles Mögliche dazwischenkommen, von Schildkrötenwanderungen bis zu sonnenbadenden Krokodilen. Dann hieß es: abwarten und Tee trinken. Im Nationalpark waren Verspätungen nichts Ungewöhnliches.

»Vielleicht hat sie ein Puma angefallen«, überlegte Jack.

»So viel Glück werden sie kaum haben«, erwiderte Logan, ohne mit der Wimper zu zucken. Pumas waren nämlich extrem selten in Florida und man bekam sie quasi nie zu Gesicht. Sehr viel verbreiteter hingegen war trockener Humor.

»Sie werden schon noch auftauchen«, sagte Logan. »Sonst ruf ich nachher mal durch. Aber jetzt interessiert mich erst mal Mr Alligator.«

Als die beiden Jungen den OP betraten, streifte sich Sarah gerade Latexhandschuhe über. Sie warf ihrem Sohn einen raschen Blick zu und fragte: »Der Flamingo?«

Sarah spielte mit ihrer Bemerkung darauf an, dass ein Flamingo beringt werden musste. Logan hatte die Arbeit schon den ganzen Vormittag vor sich hergeschoben. Trotzdem führte kein Weg daran vorbei, denn erst wenn der Vogel mit einem Metallring gekennzeichnet war, konnte er wieder in die Freiheit entlassen werden.

»Machen wir gleich«, erwiderte Logan. »Jack und ich wollen erst wissen, was mit Tooth passiert ist.«

Als *Tooth* bezeichneten die Ranger alle Tiere, die über ausreichend große Zähne verfügten, um anderen Lebewesen böse Bisswunden zufügen zu können. Alligatoren gehörten ohne Zweifel in diese Kategorie.

Sarah ließ das Gummi der Handschuhe klatschen. »Helft mir mal«, bat sie Jack und Logan. Die beiden Jungen traten an den Seziertisch und packten den Alligator an den Beinen. Gemeinsam mit Sarah drehten sie ihn auf den Rücken.

»Ach, du grüne Neune!«, rief Logan aus, als er den aufgeschlitzten Bauch sah. »Wer macht denn so was?«

»Und warum?«, fügte Jack hinzu.

»Das finden wir hoffentlich jetzt heraus«, sagte Sarah und machte sich an dem Kadaver zu schaffen. Sie fuhr mit den Händen in die Schnittwunde und schob die Bauchdecke auseinander. Dann nahm sie das Innere des Körpers unter die Lupe.

»Der Schnitt hat mehrere Organe verletzt«, stellte sie fest. »Das war keine fachmännische OP. Irgendjemand wollte einfach nur schnell den Bauch aufschneiden und hat dafür ...« Sie nahm die Schnittkanten unter die Lupe. Sie waren ungleichmäßig und eingerissen. »Er hat dafür ein Jagdmesser mit geriffelter Schneide verwendet, schätze ich. Einfach rein und aufgerissen. Aber warum?« Sie warf Logan einen raschen Blick zu. »Drehst du bitte mal die Lampe ein bisschen?«

Logan richtete die Hängelampe, die am Edelstahltisch befestigt war, so aus, dass ihr Licht direkt von oben in den offenen Kadaver fiel. Sarah wühlte sich durch die Organe. Plötzlich hielt sie inne. »Der Magen.«

»Was ist mit dem Magen?«, fragte Logan.

Sarah drehte sich zu ihm. Ihr Blick wirkte überrascht. »Er ist weg.«

Einen Augenblick lang war es totenstill in dem kleinen Raum.

»Kann das ein wildes Tier gewesen sein?«, fragte Jack schließlich.

»Welches Tier schlitzt einen Alligator auf und klaut den Magen?«, wunderte sich Logan. »Vielleicht waren es Wilderer.«

»Die haben es auf die Haut oder das Gebiss abgesehen«, gab Sarah zu bedenken. »Einen Alligatormagen kauft doch niemand.«

»Vielleicht ist es ein Ritual«, überlegte Jack. »Oder eine Mutprobe von irgendwelchen Leuten, die durch den Sumpf schleichen und Tiere mit bloßer Hand umbringen.«

»Die würden wohl eher einen Zahn als Trophäe mitnehmen«, wandte Logan ein.

Sarah betrachtete nachdenklich den Schnitt in der Bauchdecke des Tiers. »Wer auch immer das getan hat, hat nicht viel Ahnung von Alligatoren. Denn wenn es demjenigen wirklich nur um den Magen gegangen ist, hätte der Schnitt nicht so groß ausfallen müssen. Und er hätte auch ein anderes Messer verwendet, um die Organe beim Aufschneiden nicht zu verletzen. Dieser Schnitt hier macht eher den Eindruck, als hätte jemand das Tier in großer Eile aufgeschlitzt, den Magen entfernt … und das war's.«

»Und er hat den Alligator wieder umgedreht«, fügte Jack hinzu.

»Wie meinst du das?«, fragte Logan erstaunt.

»Er lag ganz normal am Ufer des Sees«, erklärte Jack. »Als würde er noch leben. So sah er jedenfalls von oben aus, als ich mit meiner Mum im Helikopter drüber weggeflogen bin. Ich bin nur wegen der dunklen Flecken stutzig geworden. Und auch die habe ich nur durch Zufall entdeckt, weil ich ein Foto machen wollte und deshalb rangezoomt habe. Sonst wäre mir das nie aufgefallen.«

»Du meinst also, derjenige, der den Alligator getötet hat, wollte nicht, dass man ihn findet«, schlussfolgerte Sarah.

Jack zuckte mit den Achseln. »Wäre doch möglich, oder?«

»Die Prellungen befinden sich sowohl oben als auch unten am Körper«, sagte Sarah. »Ich habe keine Ahnung, wie die zustande gekommen sein könnten.«

»Vielleicht mit einem Baseballschläger«, überlegte Jack. »Auch das würde für eine Mutprobe sprechen: Töte den Alligator und schneide den Magen heraus.«

»Klingt logisch«, pflichtete Logan seinem Freund bei.

»Könnte aber auch ganz anders gewesen sein«, sagte eine Stimme.

Alle drehten die Köpfe zur Tür, in der ein junges Mädchen stand.

»Hey, Charlotte«, sagte Jack. »Wo sind deine Eltern?«

Das Mädchen antwortete nicht, sondern starrte sie nur schweigend an.

»Kümmern wir uns um Ringo«, schlug Logan vor. »Dabei bequatschen wir gleich ein paar Dinge.«

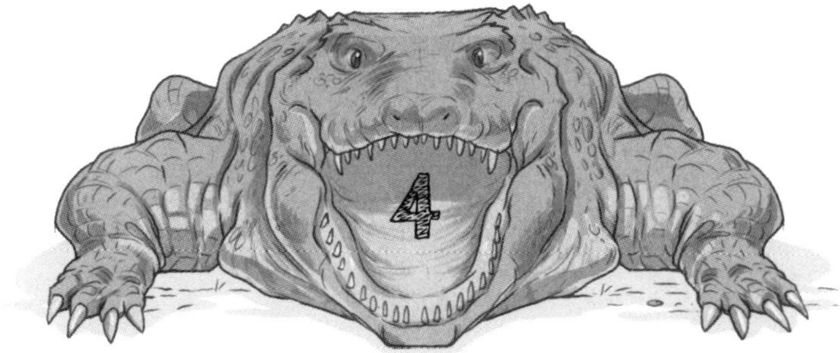

»Wer schlitzt einen Alligator auf, klaut den Magen und verschwindet wieder?«, fragte Jack, als die drei Freunde zum Vogelgehege gingen.

»Vielleicht war derjenige noch gar nicht fertig, sondern wurde gestört«, überlegte Logan. »Durch dich und deine Mum. Er hat den Helikopter gehört und sich versteckt. Habt ihr nichts gesehen, als ihr wieder weggeflogen seid? Ein Propellerboot vielleicht?«

Jack schüttelte den Kopf. »Nein. Aber das kann auch irgendwo im Gebüsch versteckt gewesen sein. Das hätten wir von oben nie entdeckt.«

»Sonst habt ihr nichts gefunden? Keine weiteren Spuren?«

»Nichts. Aber wir hatten ja auch den Hydrologen dabei. Deshalb hatten wir keine Zeit, uns umzusehen.«

»Dann sollten wir das machen«, überlegte Logan und wandte sich an Charlotte, die stumm neben den beiden hertrottete. »Oder was meinst du?«

Das Mädchen zuckte mit den Achseln. »Wenn ihr meint.«

Logan runzelte die Stirn. »Ist irgendwas?«

»Nö, wieso?«

»Weil du nichts sagst und einfach nur neben uns herlatschst.«

Charlotte blieb stehen. »Ich kann auch wieder gehen.«

»Du bist doch grad erst gekommen«, sagte Jack. »Wenn auch reichlich spät.«

»Ich hab den Shuttlebus genommen. Der fuhr nicht früher.«

»Was ist mit deinen Eltern?«, fragte Logan. »Wieso sind sie nicht mitgekommen?«

»Hab ich doch schon gesagt«, erwiderte Charlotte.

»Hast du nicht«, widersprach Logan.

»Doch.«

»Nein.«

Die beiden funkelten sich böse an.

»Hey, Leute, keinen Stress, okay?«, versuchte Jack, die Wogen zu glätten. »Ich schlage vor, wir verpassen jetzt erst mal dem Flamingo seinen Ring und dann sehen wir weiter. Einverstanden?«

»Einverstanden«, sagte Logan.

Charlotte nickte.

Der Flamingo in der Voliere hieß Ringo. Logan hatte ihm diesen Namen verpasst, weil sich der Vogel in einem ringförmigen Netz verfangen hatte. Er und Sarah hatten ihn befreit und mit zur Rangerstation genommen, um ihn zu untersuchen und zu kennzeichnen.

Aber Ringo einzufangen, war gar nicht so einfach. Flamingos waren zwar ziemlich groß und am Boden recht unbeholfen. Aber sie hatten einen kräftigen Schnabel und konnten mit einem gezielten Hieb unangenehme Verletzungen verursachen. Logan trug deshalb dicke Handschuhe.

Der Plan sah vor, dass Charlotte ein Netz über den Flamingo werfen sollte. Logan wollte Ringo dann mit einer Hand festhalten, während er mit der anderen dessen Schnabel packte. Jack schließlich sollte den Ring am Bein anbringen.

Klang einfach, war es aber nicht. Denn jedes Mal, wenn Charlotte sich Ringo auf Wurfweite genähert hatte, flatterte der Flamingo hoch und über sie hinweg. Jack und Logan versuchten zwar, ihm mit erhobenen Armen den Weg abzuschneiden. Aber Ringo hatte offenbar mehr Angst vor dem Netz als vor den herumfuchtelnden Jungs – was verständlich war, schließlich hatte er ja gerade erst eine unangenehme Erfahrung mit einem Netz hinter sich.

»So wird das nichts«, seufzte Jack schließlich. »Ringo kriegt nur Stress. Oder verletzt sich beim Versuch abzuhauen.«

»Wir dürfen nicht zögern«, sagte Logan. »Wir müssen ihn auch wirklich fangen wollen!«

»Was guckst du mich dabei an?«, fragte Charlotte. »Gebe ich mir keine Mühe, oder was?«

»Na ja, geht so«, gab Logan zu. »Für ein Mädchen, das Krav Maga kann, bist du echt ein bisschen zögerlich.« Krav Maga war eine Kampftechnik aus Israel, die Charlotte beherrschte. Als die drei Freunde vor ein paar Wochen den falschen Tierexperten Charles McRibbon und seine Bande auf frischer Tat ertappten, war Charlotte todesmutig auf ihn losgegangen, obwohl McRibbon bewaffnet gewesen war. Deshalb wunderte es Logan, dass sie bei einem Flamingo derart zögerte.

»Krav Maga setzt man gegen Menschen ein, nicht gegen Vögel«, erwiderte Charlotte muffig.

»Wir kriegen das schon hin«, versuchte Jack, die erhitzten Gemüter zu beruhigen. »Wir geben jetzt alle unser Bestes und konzentrieren uns darauf, Ringo zu schnappen. Okay?«

Logan nickte.

Charlotte auch, obwohl das kaum zu sehen war.

Erneut pirschten sie sich an Ringo heran, der mittlerweile zu glauben schien, dass seine Abwehrversuche gefruchtet und die Menschen aufgegeben hatten. Er stand im knietiefen Wasserbassin und konzentrierte sich auf einen kleinen Fisch, der um seine Beine flitzte und nicht ahnte, dass er in Lebensgefahr schwebte.

Der Flamingo visierte sein Ziel an. Im selben Augenblick rannte Charlotte auf ihn zu, verhedderte sich mit den Füßen im Netz und stürzte nach vorn. Ringo flatterte auf und flog über sie hinweg – während Charlotte der Länge nach im Teich landete.

PLATSCH!

Logan prustete los. »Sag doch gleich, dass du baden willst. Dafür brauchst du doch nicht so 'ne Show abzuziehen.« Er bog sich vor Lachen.

»Hilf mir gefälligst raus«, knurrte Charlotte. Logan ging zum Bassin und reichte ihr die Hand. Das Mädchen packte zu – und Logan flog in hohem Bogen über sie hinweg und landete ebenfalls im Teich. Diesmal war es Charlotte, die losprustete.

»Bist du irre?«, brüllte Logan und zupfte sich ein paar Algen aus den Haaren.

»Du siehst aus wie eine Meerjungfrau!«, lachte Charlotte.

»Eher wie ein Wischmopp«, fügte Jack hinzu.

Und da musste auch Logan lachen.

Sie verschoben die Beringung des Flamingos auf später – das Tier war gestresst und brauchte eine Pause. Stattdessen wollten sich Logan und Charlotte erst mal trockene Sachen anziehen. Logan verschwand in seinem Zimmer im Haus neben der Rangerstation, Jack nahm Charlotte mit zu sich nach Hause. Der Bungalow, in dem er mit seinen Eltern lebte, lag am Ende von Devils Horn und verfügte neben einem geräumigen Wohnzimmer mit angeschlossener Küche noch über vier weitere Räume: das Elternschlafzimmer, ein Büro, Jacks Zimmer und ein weiteres Zimmer, das die Matthews als Abstellraum verwendeten. In ihm stand auch ein Schrank mit Ersatzwäsche, die sich im Laufe der Zeit angesammelt hatte. Allerdings handelte es sich dabei fast ausschließlich um Klamotten für Jungs. Jack musste grinsen, als Charlotte sich umgezogen hatte und mit karierter Hose und Holzfällerhemd in die Küche schlenderte.

»Hi, Bro«, grüßte er und tippte sich mit dem Finger an die Stirn. »Was dagegen, wenn ich dich ab heute Charly nenne?«

»Wehe«, warnte ihn Charlotte mit erhobenem Zeigefinger.

»Ich wusste gar nicht, dass ich noch einen zweiten Sohn habe«, sagte plötzlich eine Stimme. Jack und Charlotte drehten sich zur Tür, in der ein großer Mann in kariertem Hemd und Shorts stand.

»Dad!«, rief Jack aus. »Was machst du denn hier?« Eigentlich war Bob Matthews um diese Zeit nämlich in der Flugschule, die er und seine Frau Candle in Homestead betrieben.

»Ich hab bloß ein paar Unterlagen geholt«, sagte Mr Matthews. »Bin gleich wieder weg.« Er bedachte Charlottes Kleidung mit einem kritischen Blick. »Ist das der neue Trend?«

Das Mädchen winkte ab. »Ich wollte einen Flamingo fangen und bin ins Wasser gefallen. Deshalb hat mir Jack mit ein paar Sachen ausgeholfen.«

»Einen Flamingo fangen?«, fragte Mr Matthews. »Hattest du etwa Hunger?« Er runzelte die Stirn. »Wusste gar nicht, dass man die Tiere der Rangerstation auch essen darf.«

Charlotte grinste. »Sehr witzig.«

»Aber mal im Ernst«, sagte Mr Matthews. »Vielleicht solltest du für solche Fälle ein paar Ersatzklamotten hier lagern.«

»Gute Idee«, fand auch Jack. »Wir holen die Tage welche, oder? Charlotte?«

Das Mädchen nickte.

»Ich muss wieder«, sagte Mr Matthews und ging zur Tür. »Und falls ihr den Flamingo doch noch essen wollt: Salz und Pfeffer stehen auf dem Küchentisch!« Damit verschwand er nach draußen.

»Dein Dad hat einen krassen Sinn für Humor«, sagte Charlotte und seufzte. »So einen Dad hätte ich mir auch gewünscht.« Ihr Blick fiel auf ein Bild an der Wand neben

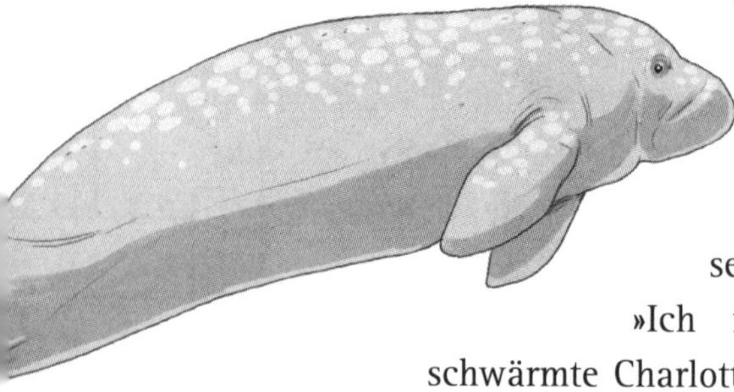

dem Kühlschrank. »Sind das Seekühe?«

Jack nickte. »Eine Familie mit einem Jungen. Hab das Foto selbst gemacht.«

»Ich finde Seekühe super«, schwärmte Charlotte. »Sie wirken so weich und ruhig. Und absolut friedlich.« Sie warf Jack ein Lächeln zu. »Wenn ich sterbe, will ich als Seekuh wiedergeboren werden.«

»Ich als Wattwurm«, sagte Jack.

Charlotte riss entsetzt die Augen auf. »Was?«

Aber Jack winkte ab. »Ich mach nur Spaß. Komm, wir gehen raus auf die Terrasse.«

Wenig später erschien auch Logan und die drei machten es sich neben dem Pool bequem, schlürften Limos durch bunte Strohhalme und genossen den Blick auf die Sumpflandschaft, die sich wie ein wahr gewordener Traum vor ihnen ausbreitete.

»Die Sache mit dem Alligator ist irgendwie unheimlich«, sagte Logan. »Wieso hat der Täter keine Spuren hinterlassen?«

»Vielleicht gibt es Spuren«, schränkte Jack ein. »Meine Mum und ich haben auf die Schnelle nur keine gefunden.«

»Dann sollten wir hinfahren und danach suchen«, schlug Charlotte vor.

Aber Jack schüttelte den Kopf. »Das erlaubt meine Mum nie.«

»Meine auch nicht«, pflichtete ihm Logan bei. »Die will bestimmt erst mal selber die Lage checken.«

»Sie müssen es ja nicht erfahren«, sagte Charlotte.

Logan warf ihr einen missbilligenden Blick zu. »Hast du die Sache mit McRibbon schon vergessen?« Er spielte auf den Umweltskandal an, den die drei Freunde aufgedeckt hatten. Dabei waren sie in eine extrem gefährliche Situation geraten, denn nachdem sie auf eigene Faust in der Sache ermittelt hatten, bedrohte sie der angebliche Tierschützer mit einer Waffe und wollte die drei Freunde schließlich sogar Alligatoren zum Fraß vorwerfen. Zum Glück war alles glimpflich ausgegangen. Aber die jungen Detektive erhielten von ihren Eltern danach Standpauken, die sich gewaschen hatten.

»Wir wissen nicht, wer oder was im Sumpf herumschleicht«, sagte Logan deshalb. »Wenn es Wilderer sind, kann es gefährlich werden. Ich möchte nicht so gerne abgeknallt werden.«

»Dein Leben kannst du überall verlieren«, gab Charlotte launig zurück. »Dafür musst du nicht in den Sumpf gehen.«

Jack runzelte die Stirn. »Was ist eigentlich los mit dir? Du bist schon die ganze Zeit so komisch.«

»Bin ich nicht«, erwiderte Charlotte und sah demonstrativ weg. Jack kannte dieses Verhalten schon. Wenn es Probleme gab, zog sich Charlotte in ihr Schneckenhaus zurück. Dass sie nicht augenblicklich abhaute, war schon ein ziemlicher Vertrauensbeweis gegenüber den beiden Jungen.

»Du *bist* komisch«, bestätigte Logan. »Aber wenn du uns nicht sagst, warum, können wir dir auch nicht helfen.«

»Helfen?« Charlotte starrte ihn mit großen Augen an. »Ihr könnt mir nicht helfen. Oder wie wollt ihr verhindern, dass ich hier wegmuss?«

Der Satz traf die beiden Jungen wie ein Faustschlag.

»Du musst ... weg?«, stammelte Jack. »Warum?«

»Woher soll ich das wissen?« Charlottes Stimme zitterte. »Das musst du die Durbridges fragen.« So hieß die Pflegefamilie, bei der sie lebte.

»Okay, Klartext«, verlangte Logan. »Was heißt, du musst weg? Wann? Und warum? Und komm uns nicht wieder mit *Ich weiß von nichts*. Immerhin sind wir deine Freunde.«

Charlotte atmete tief durch. »Die Durbridges sind sauer auf mich. Warum, weiß ich nicht. Vielleicht wegen der McRibbon-Sache. Die dachten wahrscheinlich, die kriegen ein braves, ruhiges Mädchen, das Pferde mag und ihre Haare kämmt. Aber so bin ich nun mal nicht.« Sie schüttelte den Kopf. »Bestimmt haben sie sich das anders vorgestellt, als sie mich zu sich geholt haben. Und jetzt dämmert ihnen, dass sie mich doch nicht mögen.«

»Glaube ich nicht«, sagte Logan. »Ihr habt euch doch vorher kennengelernt. Schließlich nimmt man nicht mal so nebenbei ein Pflegekind bei sich auf und gibt es beim ersten Ärger wie Flaschenpfand zurück. Da muss mehr dahinterstecken.«

»Hast du was angestellt?«, fragte Jack. »Was die Durbridges sauer gemacht hat?«

»Keine Ahnung«, gab Charlotte niedergeschlagen zurück.

»Hast du die Tür zugeknallt oder die Nachbarn beleidigt?«, fragte Logan. »Hast du die Katze vergiftet ...«

»… oder bist mit dem Wagen gefahren?«, fügte Jack hinzu. »Hast du Geld gestohlen …?«

»Ich weiß es nicht!«, brüllte Charlotte und sprang auf. »Hab ich doch schon gesagt. Hört ihr nicht zu, oder was?«

Wütend stapfte sie ans Ende der Veranda, kreuzte die Arme vor der Brust und starrte in die Ferne. Jack und Logan wechselten einen besorgten Blick.

»Okay, du weißt es nicht, verstanden«, lenkte Jack ein. »Frage ist: Was heißt das jetzt konkret? Ist es sicher, dass du weggehst? Gibt es einen festen Termin?«

»Glaub nicht«, gab Charlotte leise zurück. »Die Durbridges haben erst mal nur gedroht. Aber ich merke, wie sie sich von mir abwenden. Sie sind enttäuscht. Und denken darüber nach, mich wegzugeben.«

»Soll ich mal mit ihnen reden?«, fragte Jack.

Charlotte fuhr herum. »Bist du irre? Halt dich da ja raus!« In ihren Augen loderten wütende Flammen.

Jack zog den Kopf ein. »War ja bloß ein Vorschlag.«

»Und was machen wir jetzt?«, fragte Logan. »Treffen wir uns weiter oder bist du raus?«

»Ich bleibe«, antwortete Charlotte. »Wenn ich darf.«

»Klar darfst du.« Logan füllte ihr Glas mit Limonade. Charlotte setzte sich wieder zu ihnen.

»Dann checken wir jetzt erst mal die Sache mit dem Alligator ab«, schlug Logan vor.

»Ohne Hinweis?«, fragte Jack.

»Es gibt einen Hinweis«, sagte Charlotte plötzlich. »Als ich gestern im Sumpf war, hab ich ein totes Gürteltier gefunden. Das hatte fiese Prellungen. Genau wie der Alligator.«

»Was?«, rief Logan aus. »Und das sagst du erst jetzt?«

Charlottes Miene verfinsterte ich.

»Wo genau hast du das Gürteltier denn gefunden?«, lenkte Jack rasch ein.

»Westlich von Devils Horn«, sagte das Mädchen. »Richtung Mangrovengürtel.«

Jack sah zu Logan. »Das sollten wir uns ansehen.«

»Und der Fundort des Alligators?«, fragte Logan. »Was machen wir mit dem?«

»Den werden deine Mum und die Ranger bestimmt noch mal unter die Lupe nehmen«, erwiderte Jack. »Und dabei laufen wir denen besser nicht über den Weg. Also sehen wir uns das Gürteltier an – vorausgesetzt, der Kadaver wurde nicht schon von Geiern oder Raubtieren gefressen.«

»Wurde er nicht«, sagte Charlotte. »Ich habe ihn begraben, damit wir ihn näher untersuchen können, falls das nötig sein sollte.«

»Sehr gut«, sagte Jack. »Dann können wir später behaupten, wir hätten ihn durch Zufall gefunden. So brauchen wir erst mal nichts von unserem Plan zu sagen und nehmen gleichzeitig Charlotte in Schutz.«

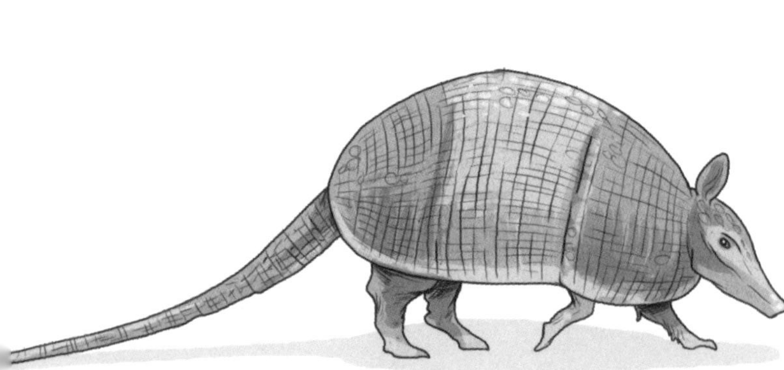

»Wir recherchieren also im Sumpf«, fasste Logan zusammen. »Aber für heute ist es zu spät. Außerdem ist morgen Sonntag, da haben wir den ganzen Tag Zeit. Ich schlage vor, wir treffen uns gleich nach dem Frühstück. Einverstanden?«

Die beiden anderen nickten.

»Und noch etwas«, fuhr Logan fort. »Ich finde, wir sollten uns verbinden.«

»Verbinden?«, fragte Jack. »Ich bin doch gar nicht verletzt.«

»Ich meine unsere Smartphones«, sagte Logan und sah zu Charlotte. »Es ist echt nicht schlau, alleine in den Sumpf zu gehen. Wenn dir was passiert, sind deine Chancen, gerettet zu werden, nicht sehr hoch.«

»Ich kann schon auf mich selber aufpassen«, gab Charlotte selbstbewusst zurück.

»Und wenn dich eine Schlange beißt? Oder du dir den Fuß verknackst?« Logan sah sie ernst an.

»Was ist dein Vorschlag?«, fragte Jack. »Wie sollen wir unsere Smartphones miteinander verbinden?«

»Mit einer Tracking-App«, sagte Logan und zog sein Handy hervor. »Wir laden sie runter und erlauben uns gegenseitig, uns zu tracken. Das bedeutet, jeder von uns kann sehen, wo der andere ist.«

»Was?«, rief Charlotte entsetzt aus. »Das ist ja die totale Überwachung! Das mach ich nicht.«

»Das funktioniert doch nur, wenn du die App auch einschaltest«, sagte Logan. »Also nur dann, wenn du auch getrackt werden willst.«

»Zum Beispiel, wenn du in den Sumpf gehst«, sagte Jack. »Das leuchtet ein.«

»Und wenn ich nicht getrackt werden will?«

»Schaltest du die App ab.«

Charlotte atmete schwer aus. »Ich weiß nicht ...«

»Das ist nur zur Sicherheit«, versuchte Logan, sie zu überzeugen. »Und nur wir drei verbinden uns. Andere können uns nicht darüber finden.«

»Also gut«, lenkte Charlotte ein.

Sie und Jack zogen ihre Smartphones hervor und luden die App herunter. Dann verbanden die drei ihre Nummern miteinander.

»Ich bringe Charlotte nach Hause«, sagte Jack, nachdem sie die App getestet hatten. »Der Shuttle fährt erst in einer Stunde.« Er sah zu ihr. »Da sind wir mit dem Propellerboot schneller am Anleger in Homestead, wo dein Fahrrad steht.«

»In Ordnung«, sagte Charlotte und verabschiedete sich von Logan. Dann folgte sie Jack zur *Scorpion*. Jacks Mum war nicht nur Helikopterpilotin, sondern leitete auch noch einen Propellerbootverleih in Homestead, weshalb ihrem Sohn ein eigenes Boot zur Verfügung stand. Das war praktisch, denn er legte die rund vierzig Kilometer bis zur Schule mit dem Boot zurück, und wenn er mal verschlief, konnte er es auf unvorhergesehenen Zwischenfälle wie Alligatorenversammlungen oder Pythonangriffe schieben.

Außerdem war es cool, mit fünfzig Sachen über das Grasland zu sausen und sich den Wind durch die Haare wehen zu lassen. Der Nachteil war die Lautstärke des fast zwei Meter großen Propellers am Heck des Boots. Kam der erst mal auf Touren, war es nahezu unmöglich, sich noch zu unterhalten. Das bedauerte Jack manchmal, denn wenn er mit Charlotte unterwegs war, würde er gerne hin und wieder ein paar Worte mit ihr wechseln. Aber der Lärm machte das unmöglich.

Dafür beobachtete Jack das Mädchen umso genauer. Sie wirkte immer bedrückter, je näher sie der Stadt kamen. Erst da begriff Jack, was Charlotte gesagt hatte: Es war möglich, dass sie Homestead verließ. Dann wären er und Logan wieder unter sich. Das wäre zwar auch okay, schließlich kannten sie sich schon ein Leben lang. Aber mit Charlotte war es eindeutig besser. Jack mochte das Mädchen, sie war tough und cool und hatte ihren eigenen Kopf. Das gefiel ihm. Er hoffte, dass es sich ihre Pflegeeltern noch mal überlegen würden.

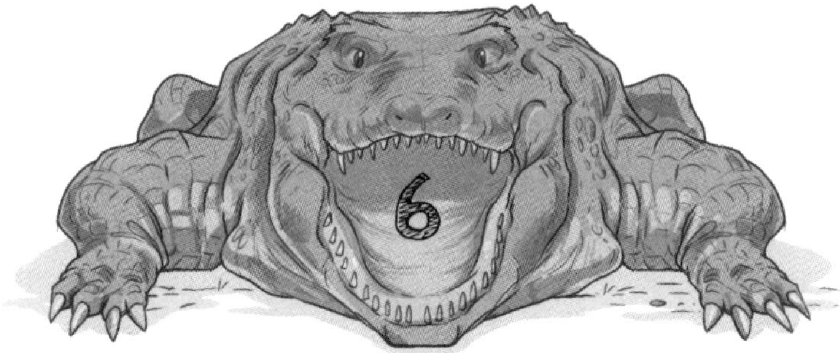

Logan schreckte auf. Da war etwas gewesen. Ein Geräusch. Oder hatte er das nur geträumt?

Durch das geöffnete Fenster fiel das Mondlicht in sein Zimmer. Eine leichte Brise blähte die Vorhänge wie die Segel eines Schiffs. Draußen zirpten Zikaden. Irgendwo im Sumpf quakte ein Frosch. Logan kannte diese Geräusche, sie waren ihm vertraut. Sie waren es nicht gewesen, die ihn aus dem Schlaf gerissen hatten. Aber was war es dann? Er hielt den Atem an. Lauschte. Und hörte ... nichts.

Logan seufzte erleichtert auf. Wahrscheinlich war es nur ein Traum gewesen. Wegen der toten Tiere. Der Anblick des aufgeschlitzten Alligators war schon ziemlich heftig gewesen. Und Logan hatte keinen blassen Schimmer, warum jemand so etwas tat. Aber jetzt, mitten in der Nacht, würde er auch keine Antwort darauf finden. Er gähnte, legte den Kopf wieder aufs Kissen und versuchte, an etwas Schönes zu denken, an fliegende Flamingos, die ihre Kreise am blauen Himmel ...

Da! Wieder!

Diesmal hörte er es klar und deutlich: ein tiefes Fauchen wie ein defektes Ventil.

Logan schlüpfte aus dem Bett und schlich zum Fenster. Schwüle Luft fuhr ihm ins Gesicht. Der Oktober war einer der wärmsten Monate des Jahres, und selbst nachts sank das Thermometer selten unter die Zwanzig-Grad-Marke. Der volle Mond sandte helles Licht vom klaren Himmel.

Logan blickte zur Rangerstation, die knapp fünfzig Meter vom Haus, in dem er mit seiner Mum wohnte, entfernt war. Die Gebäude lagen still und friedlich da. Etwas Auffälliges konnte Logan nicht erkennen. Jedenfalls nicht in dem Teil der Station, den er von seinem Fenster aus einsehen konnte.

Und doch war etwas da. Denn es fauchte erneut. Diesmal begleitet von einem schlurfenden Geräusch, als würde jemand einen schweren Sack über den sandigen Boden ziehen.

War das der Typ, der den Alligator aufgeschlitzt hatte? Aber was tat er hier in *Wild Claws?* Wollte er etwa zu den Reptilien im Gehege und ihnen auch die Bäuche aufschlitzen? Hatte er es vielleicht schon getan und eines der Tiere in einen Sack gesteckt, den er nun hinter sich herzog?

Aber warum fauchte er dabei? Das ergab keinen Sinn. Plötzlich war sich Logan sicher: Das war nicht der unheimliche Bauchaufschlitzer. Das war überhaupt kein Mensch. Sondern ein Tier.

Rasch zog er sich an und überlegte kurz, ob er seine Mum wecken sollte. Aber die war in letzter Zeit schon gestresst genug. Irgendwas wegen Geld, hatte sie jemandem am Telefon erzählt und sich dabei total aufgeregt. Besser, er ließ sie in Ruhe. Stattdessen nahm Logan sein Bowiemesser und eine Taschenlampe und schlich hinaus.

Auf dem Weg zur Station huschte eine Schlange an ihm vorüber, mehrere große Spinnen nahmen Reißaus und ein handtellergroßer Nachtfalter machte kurz auf seiner Schulter Rast. Die Tierwelt in den Everglades war so reichhaltig und vielfältig, dass manche Besucher regelrecht in Panik gerieten, wenn sie sich bei ihrem Trip in den Sumpf plötzlich zwischen giftigen und gefährlichen Tieren wiederfanden. Logan hingegen war hier aufgewachsen und wusste, wie man mit ihnen umgehen musste, um weder die Tiere noch sich selber zu gefährden.

Er passierte die Einfahrt des *Wild-Claws*-Geländes und sah zum Haupthaus. Weder hier noch an der dahinterliegenden Krankenstation konnte er etwas Ungewöhnliches erkennen. Deshalb ging er weiter zum schmalen Holzsteg, der zur Croc-Bridge führte. In der Mitte der Brücke blickte er in den abgezäunten Bereich Sumpf hinab, der ein gutes Dutzend Alligatoren beherbergte. Einige lagen auf der Marschlandschaft, andere schwammen im Wasser. Aber alle waren wach, wie Logan am Taschenlampenlicht feststellte, das ihre Augen reflektierten.

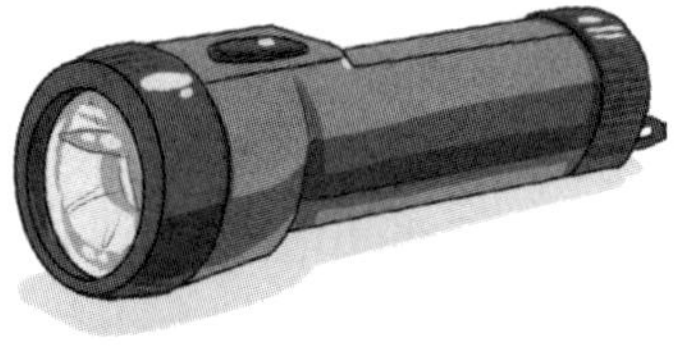

»Hallo, Captain«, grüßte er flüsternd den größten der Alligatoren. Er war ein Langzeitgast auf der Rangerstation, weil er immer wieder zurückgekommen war, nachdem die Wildhüter ihn aufgepäppelt und ausgesetzt hatten. Bei einem Kampf mit einem Artgenossen hatte das Tier ein Auge verloren, weshalb Logan ihm den Namen *Captain One Eye* verpasst hatte. »Gibt es etwas zu berichten?«, fragte er. »Schleicht hier jemand rum?«

One Eye rührte sich nicht. Und Logan hatte natürlich auch keine Antwort erwartet. Langsam ging er weiter

Richtung Besucherzentrum. Auch hier war alles ruhig. Dann erreichte er die Außengehege – und sah plötzlich eine Bewegung! Hinter dem Vogelgehege huschte ein Schatten vorüber. Und auch das schleifende Geräusch war wieder zu hören! Logan hob das Bowiemesser und rannte um das Gehege herum ...

... als ihm plötzlich etwas in die Quere kam. Ungebremst rannte er in das Hindernis hinein und ging zu Boden. Er riss die Taschenlampe hoch und leuchtete direkt in ein Gesicht, das Messer zur Verteidigung bereit.

»Was soll denn das?«

Er brauchte einen Moment, um zu begreifen, wen er vor sich hatte.

»Tramp?«

Der Wildhüter funkelte ihn böse an. »Nimm das Messer runter. Sonst verletzt du noch jemanden.«

Logan tat es. Dann half ihm der Wildhüter auf die Beine.

»Was machst du hier?«, fragte Tramp.

»Ich habe ein komisches Geräusch gehört«, sagte Logan. »Da wollte ich nachsehen, woher es kommt.«

»Hier ist aber nichts. Ich habe alles abgesucht.«

»Du hast es also auch gehört?«

Tramp nickte. »Hörte sich wie Fauchen an.«

Logan fiel ein Stein vom Herzen. Er hatte sich das Geräusch also nicht nur eingebildet. »Was ist es?«

»Ich weiß nicht«, erwiderte Tramp. »Aber es ist jetzt auch weg. Ich sehe mir Morgen die Umgebung an, vielleicht finde ich irgendwelche Spuren.«

»Am besten, wir suchen alle«, schlug Logan vor. »Ich sage Mum gleich morgen früh ...«

»Nein«, fuhr ihm Tramp ins Wort. »Sarah hat genug Stress am Hals. Und wenn es gar nichts war, regt sie sich nur unnötig auf. Ich sehe mir alles an, und wenn ich etwas entdecke, gebe ich dir Bescheid. So lange bleibt diese Sache unter uns. Okay?«

Logan war sich nicht ganz sicher, ob er das okay fand. Schließlich stand außer Frage, dass etwas herumgeschlichen war. Aber seine Mum wollte er natürlich auch nicht beunruhigen. »Okay«, sagte er.

»Dann geh jetzt wieder ins Bett«, sagte Tramp.

Logan drehte sich um.

»Sekunde noch«, hielt ihn der Wildhüter zurück. »Kannst du mir deine Taschenlampe leihen? Bei meiner ist gerade die Batterie ausgegangen.«

»Klar«, sagte Logan und reichte Tramp die Taschenlampe. Dann ging er zurück zum Haus, schlich in sein Zimmer und schlüpfte ins Bett. Sofort übermannte ihn die Müdigkeit. Sie würden schon herausfinden, was es gewesen war, dachte er noch. Morgen ... Dann schlief er ein.

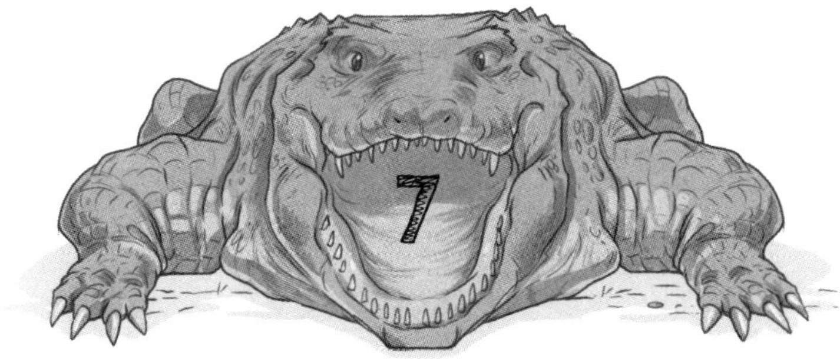

7

Am Sonntagvormittag holten Jack und Logan Charlotte vom Bus ab. Logan erwähnte die Geschehnisse der Nacht nicht. Er wollte erst einmal abwarten, was Tramp herausfinden würde. Er stieg zu seinen beiden Freunden ins Propellerboot und gemeinsam fuhren sie Richtung Westen. Als sie das Haus von Mrs Carwinkle passierten, winkte ihnen die alte Dame von der Leiter aus zu. Offenbar war sie gerade damit beschäftigt, das Dach ihres Hauses zu reparieren – mit siebenundsiebzig Jahren!

Mrs Carwinkle lebte schon seit vierzig Jahren im Sumpf und war ein bisschen wunderlich. Sie legte den Leuten die Karten und sagte ihnen mithilfe ihrer Kristallkugel die Zukunft voraus. Auch deshalb hatten Jack und Logan nie richtig Kontakt zu ihr gefunden.

Vor ein paar Wochen war die alte Dame mehrfach in ihrem Haus von wilden Tieren bedroht worden. Die drei Freunde hatten ihr geholfen, und nachdem der Spuk beendet war, hatten sie sich angefreundet. Seitdem sahen Jack, Logan und Charlotte regelmäßig bei Mrs Carwinkle vorbei und lauschten den Geschichten, die die alte Dame im Sumpf erlebt hatte.

Hinter dem Haus steuerten die drei Freunde eine große Kieferninsel an und umrundeten sie. Ein paar Kilome-

ter weiter südlich fanden sie schließlich die Stelle, an der Charlotte das tote Gürteltier entdeckt hatte.

»Die Geier kreisten über dem Kadaver«, erklärte das Mädchen. »Deshalb bin ich neugierig geworden und habe nachgesehen.«

»Und was hast du hier gemacht?«, wollte Logan wissen.

»Mir die Gegend angeguckt«, erwiderte Charlotte achselzuckend.

»Den Sumpf?« Jack runzelte die Stirn. »So weit weg von Leuten?«

»Ich weiß halt gerne, wo ich lebe.«

»Kann gefährlich werden, so ganz allein«, sagte Jack.

Charlotte hob erstaunt die Augenbrauen. »Und das sagst du? Wo ihr nicht mal Waffen tragt, obwohl es hier Riesenpythons, Alligatoren, Schwarzbären und Pumas gibt?«

»Du vergisst die Wildschweine«, erinnerte sie Logan.

»Abgesehen davon beherrschst du ja Krav Maga und bist damit selbst eine tödliche Waffe.« Er grinste sie breit an.

Charlotte streckte ihm die Zunge raus.

»Wo hast du den Kadaver vergraben?«, fragte Jack.

Charlotte führte die beiden Jungen über eine nur spärlich mit Schilfgras bewachsene Erhebung, die nur wenige Zentimeter aus dem Wasser ragte. Hinter einem Dornenbusch kniete sie sich nieder und grub mit den Händen im feuchten Boden. Kurz darauf erschien der geschuppte Körper des Gürteltiers.

»Lass mich das machen«, sagte Logan und streifte sich Latexhandschuhe über. Er zog das Gürteltier aus dem Morast und trug es zum Wasser. Direkt neben dem Propellerboot befreite er den toten Körper, so gut es ging, vom Schlamm und legte ihn dann auf den Boden des Bootes.

»Ist nicht aufgeschlitzt«, sagte er, als er die Unterseite des rund vierzig Zentimeter langen Tiers begutachtete.

»Aber die Prellungen sind da«, sagte Jack und zeigte auf mehrere dunkle Stellen. »Genau wie beim Alligator.«

»Wo habt ihr den eigentlich gefunden?«, fragte Charlotte.

»Etwa drei Kilometer weiter nördlich«, sagte Jack und wies in die entsprechende Richtung. Mitten in der Bewegung verharrte er.

»Was ist?«, fragte Charlotte.

»Wir kriegen Besuch«, murmelte Jack und stand auf. Am Horizont näherte sich ein schwarzer Punkt. Gleichzeitig wurde das Geräusch eines Motors lauter.

»Ist das deine Mum?«, fragte Charlotte. Jack schüttelte den Kopf. »Wir haben keinen Motor, der so klingt.«

Wenige Minuten später hielt ein Propellerboot in ihrer Nähe. Drei Personen waren an Bord, zwei Männer mittleren Alters in dunklen Anzügen und ein junger Kerl mit Turnschuhen, Muscleshirt und einer speckigen Baseballcap.

»Calvin Malloway«, zischte Logan. »Was will der denn hier?«

»Malloway?«, flüsterte Charlotte. »Ist der etwa mit *dem* Malloway aus Homeland verwandt?«

»Calvin ist Leftys Sohn«, raunte Jack. »Und ich sage nur: Der Apfel fällt nicht weit vom Stamm.«

Lefty Malloway war ein Tunichtgut und stadtbekannter Trinker. Sein Sohn Calvin arbeitete als Surflehrer in Miami. In der Öffentlichkeit ließen die beiden selten ein gutes Haar aneinander. Trotzdem wohnte Calvin immer wieder für längere Zeit in dem ziemlich runtergekommenen Haus seines Dads.

»Hey!«, rief Calvin. »Was macht ihr hier?« Er sprang aus dem Boot und stakste durch das Schilfgras zu ihnen.

»Wir gucken uns die Gegend an«, gab Jack zurück.

Calvin blieb direkt vor ihnen stehen. Seine Haut war sonnengebräunt und auf seinen durchtrainierten Armen prankten mehrere Tattoos: grimmige Kerle mit schweren Waffen. Argwöhnisch musterte er die drei Freunde. »Was gibt's denn hier zu sehen?«

»Die Natur«, erwiderte Jack. »Tiere, Bäume – kennst das ja.«

Calvin legte den Kopf schief. »Wieso glaub ich euch das nicht?«

»Wir cruisen bloß ein bisschen durch die Gegend«, sagte Logan. »Das ist alles.«

»Und wieso ausgerechnet hier?«, fragte Calvin und mahlte mit den Zähnen.

»Und wieso nicht«, mischte sich Charlotte ein. »Ist das etwa verboten?«

»Ist das euer Gürteltier?«, fragte plötzlich eine Stimme. Die beiden Männer mit den schwarzen Anzügen standen neben dem Propellerboot der drei Freunde.

»Ja, warum?« Jack watete zu ihnen.

»Verkauft uns das Viech«, sagte der kleinere der beiden Männer und zog ein Bündel Geldscheine aus seiner Hosentasche. Er zupfte einen Schein hervor und hielt ihn Jack entgegen. »Ich geb euch hundert Dollar.«

»Das ist doch bloß 'n Gürteltier«, mischte sich Calvin ein. »Und tot dazu!«

»Ich habe nicht mit dir geredet, sondern mit den Kids«, sagte der Mann und brachte Calvin mit einem finsteren Blick zum Schweigen. Dann sah er wieder zu Jack. »Hundert Dollar für den Kadaver. Na, was sagst du?«

»Sie wollen uns hundert Dollar für ein totes Gürteltier geben?«, fragte Jack verwundert. »Warum?«

Der Anzugträger musterte ihn einen Moment lang. Und bei seinem eisigen Blick lief es Jack kalt den Rücken runter. Plötzlich änderte sich sein Ausdruck und ein breites Lächeln zeigte sich auf seinem Gesicht. »Greif besser zu, sonst überleg ich es mir noch mal.«

»Behalten Sie Ihr Geld«, mischte sich Logan ein. »Das Tier ist unverkäuflich.«

»Ich verstehe«, sagte der Mann. »Du witterst 'ne Chance, wenn sie sich bietet, was? Cleverer Bursche.« Er zupfte einen weiteren Schein aus dem Bündel und hielt Logan beide unter die Nase. »Vielleicht kommen wir ja mit zweihundert ins Geschäft?«

»Das hier ist ein Nationalpark«, erwiderte Logan ungerührt. »Man darf nicht einfach Tiere oder Pflanzen mitnehmen. Wer es doch macht, muss zehntausend Dollar Strafe zahlen oder kommt sogar ins Gefängnis.«

Der Mann starrte Logan entgeistert an.

»Ihr klaut doch auch ein Viech aus der Natur«, meldete sich sein Begleiter zu Wort und zeigte auf das tote Gürteltier.

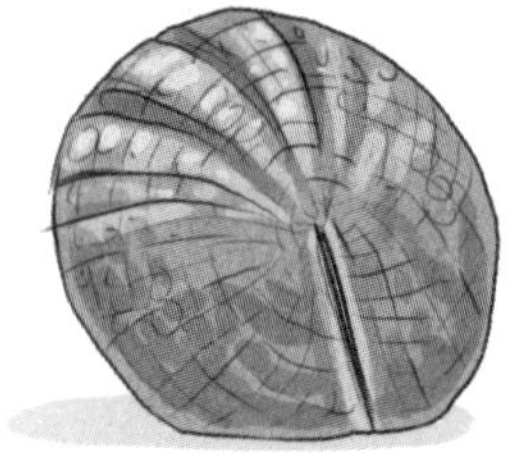

»Seine Mum ist die Parkrangerin«, erklärte Calvin. »Der nimmt den Kadaver wahrscheinlich mit zur Station.«

»Deine Mum ist die Parkrangerin«, wiederholte der Mann gegenüber von Logan. »Das ist ja mal interessant.« Er wickelte die Geldscheine um das Bündel und ließ es in seiner Tasche verschwinden. »Fahren wir weiter«, sagte er zu Calvin. Und ohne noch ein Wort zu verlieren, stiegen die drei in ihr Boot und sausten davon.

»Was waren das denn für Typen?«, sagte Charlotte, als der Lärm des Propellers leiser wurde. »Und was haben die hier zu suchen?«

»Keine Ahnung«, murmelte Logan. »Aber Jack wäre fast mit ihnen ins Geschäft gekommen.«

»Er hat zweihundert Dollar für ein totes Tier geboten«, verteidigte sich Jack. »Das ist mehr, als wir zusammen im ganzen Jahr Taschengeld bekommen. Da wird man ja wohl mal kurz ins Grübeln kommen dürfen.«

Charlotte stemmte die Fäuste in die Seiten. »Woher willst du wissen, wie viel Taschengeld ich kriege?«

»Wieso fahren die hier im Sumpf herum?«, überging Logan die Diskussion. »Was haben solche Anzugtypen hier zu suchen?«

»Vielleicht weiß deine Mum ja mehr«, sagte Jack. »Fahren wir zurück und fragen sie. Kann sein, dass sie auch schon mehr über den toten Alligator herausgefunden hat.«

»Okay, fahren wir zurück«, sagte Logan und sah zu Charlotte. »Oder willst du hierbleiben?«

»Was?«, rief sie entsetzt aus. »Wie kommst du denn darauf?«

Logan zuckte mit den Achseln. »Vielleicht willst du ja noch ein bisschen Survivaltraining machen. So, wie du Calvin gegenübergetreten bist. Hast du eigentlich vor gar nichts Angst?«

»Vor einer großen Klappe jedenfalls nicht«, erwiderte Charlotte mit grimmiger Miene.

»Wenn uns das nicht noch irgendwann Ärger einbringt«, orakelte Logan und stieg ins Propellerboot.

»Ich weiß doch gar nicht, wie viel Taschengeld du kriegst«, sagte Jack, als er und Charlotte ihm folgten.

»Hätte mich auch sehr gewundert«, gab das Mädchen zurück und versetzte ihm einen freundschaftlichen Schlag gegen die Schulter.

»Aua«, machte Jack. Charlotte lachte.

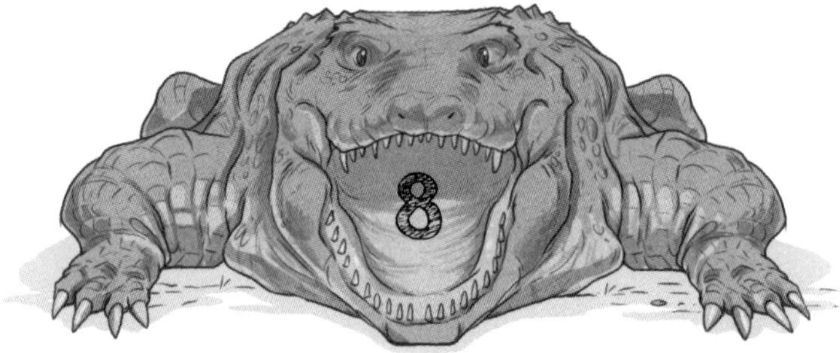

Als die drei Freunde die Rangerstation erreichten, lag das Propellerboot von Sheriff Douglas Malone am Pier vertäut. Malone selbst fanden sie im Hauptgebäude im Gespräch mit Sarah vertieft.

»Hallo, Sheriff«, sagte Logan, als er mit Jack und Charlotte das Büro seiner Mum betrat. »Ist was passiert?«

Malone erwiderte den Gruß mit einem Kopfnicken. »Wie man's nimmt.«

»Wie man's nimmt?« Sarah stemmte die Hände in die Hüften. »Da kommen diese Leute aus dem Nichts, knallen uns die Tiere ab und das ist auch noch alles legal?«

»Sarah, bitte«, seufzte Malone.

»Was für Leute?«, fragte Jack überrascht. »Wer schießt Tiere ab?«

»Eine Firma aus Kansas«, sagte der Sheriff. »Und sie schießen sie nicht ab. Sie haben lediglich die Erlaubnis, einige Tiere im Nationalpark zu fangen und ins Ausland zu bringen.«

»Lediglich?«, rief Sarah empört aus. »Es geht hier um Rotfuchs, Weißwedelhirsch und Schwarzbär. Seltene Tiere, teilweise geschützt. Ein Besucher, der sie im Nationalpark auch nur berührt, muss mit einer saftigen Geldstrafe rechnen. Und diese Typen dürfen sie fangen und verkaufen!«

»Ich bin davon genauso wenig begeistert wie du«, versuchte Malone, sie zu beschwichtigen. »Aber die Bezirksverwaltung hat es genehmigt und der Bürgermeister von Homestead hat die Sondererlaubnis erteilt. Damit sind mir die Hände gebunden.«

»Mir aber nicht«, erwiderte Sarah und drehte sich um. Sie nahm ihren Rangerhut und stapfte Richtung Tür. »Und ich werde dem Bürgermeister jetzt mal gehörig die Meinung geigen. Wenn der sich einfach über uns und unsere Arbeit hinwegsetzt, kann er sich gerne neue Leute suchen.«

»Und das wird er auch«, gab Malone ruhig zurück.

Sarah blieb stehen und drehte sich zu ihm um. »Was hast du gesagt?«

»Bürgermeister Travis weiß, wie engagiert du und dein Team seid. Und ihm ist auch klar, dass ihr es wahrscheinlich nicht so einfach hinnehmen werdet, dass wildfremde Leute Tiere jagen und fangen, die ihr mit Herzblut schützt.« Er rückte seinen Hut zurecht. »Deshalb hat er mich damit beauftragt, dafür zu sorgen, dass die Leute der Firma ihre Arbeit machen können.«

Stille breitete sich in dem kleinen Raum aus. Spannung lag in der Luft. Logan und seine Freunde spürten, dass ein Funke genügte, und die angestaute Energie würde sich in einer gewaltigen Explosion entladen.

Sarah baute sich vor dem Sheriff auf.

»Willst du damit sagen, du schützt diese Typen auch noch? Vor mir? Und meinen Leuten?«

»Ich bin der Sheriff«, gab Malone so gelassen wie möglich zurück. »Es ist mein Job, Recht und Gesetz durchzusetzen. Wie Recht und Gesetz aussehen, ist aber nicht meine Entscheidung, sondern die der Regierung. Sie bestimmt, was gemacht wird. Die Polizei ist ihr untergeordnet.«

»Und schützt Verbrecher«, zischte Sarah.

»*Animal Limited* handelt mit exotischen Tieren. Es sind keine Verbrecher.« Malone seufzte. »Obwohl sie mit ihren schwarzen Anzügen schon ein bisschen komisch aussehen.«

Jack wurde hellhörig. »Ist einer von ihnen groß und hat einen schmalen Schnurrbart und der andere klein mit kantigem Gesicht?«

Malone nickte. »Woher weißt du das?«

»Wir haben sie im Sumpf getroffen. Die wollten uns ein totes Gürteltier abkaufen. Für zweihundert Dollar.«

Sarah riss die Augen auf. »Soll das heißen, sie sind schon unterwegs? Ohne Begleitung?«

»Calvin Malloway ist bei ihnen«, sagte Logan. »Ich glaube, der hat ihnen sein Boot vermietet und fährt sie jetzt rum.«

»Calvin Malloway?« Sarah schüttelte den Kopf. »Das wird ja immer besser!«

»Davon wusste ich nichts«, verteidigte sich Malone.

Sarah stapfte zur Tür. »Ich fahre zu Bürgermeister Travis. Ich glaube, ich muss mal ein paar Dinge klarstellen.«

»Und was machen wir mit Malloway?«, fragte Malone.

Sarah zuckte mit den Schultern. »Vielleicht hat er ja auch eine Sondergenehmigung. Scheint ja gerade jeder zu bekommen.« Sie verließ das Büro und zog die Tür heftig ins Schloss.

Sheriff Malone seufzte. »Dann werde ich mir Calvin mal zur Brust nehmen«, sagte er und verließ ebenfalls den Raum.

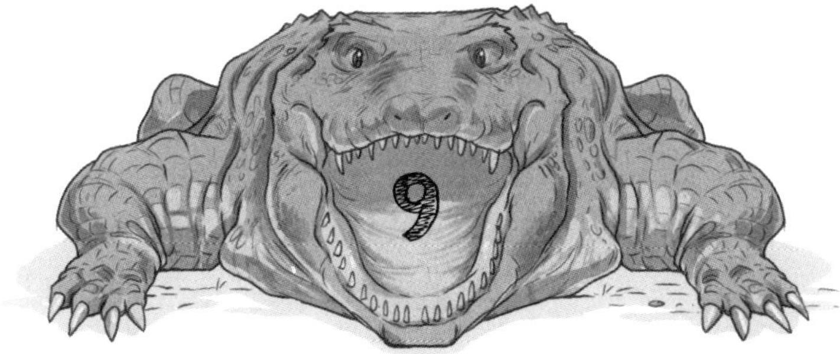

»Das klingt nicht gut«, sagte Jack, als die drei Freunde unter sich waren.

»Was genau davon?«, fragte Logan gereizt. »Dass fremde Leute gegen Bezahlung geschützte Tiere fangen dürfen? Dass ein Idiot wie Calvin Malloway sich als Fremdenführer ausgibt? Oder dass meine Mum sich mit dem Sheriff anlegt, weil irgendein Sesselpupser aus der Stadtverwaltung keine Ahnung von dem hat, was wir hier tun?«

»Nichts von alledem hört sich gut an«, sagte Charlotte. »Aber wir dürfen uns nicht von den Streitereien der Erwachsenen anstecken lassen. Streit hat noch nie geholfen, Probleme zu lösen.«

»Charlotte hat recht«, pflichtete ihr Jack bei. »Beschäftigen wir uns lieber mit den Prellungen und dem aufgeschlitzten Alligatorbauch. Das geht bei dem ganzen Durcheinander nämlich ziemlich unter.«

»Okay«, sagte Logan und atmete tief durch. »Wenn die Prellungen an den beiden Tieren dieselbe Ursache haben, hatte der, der den Alligator aufgeschlitzt hat, vielleicht bloß noch keine Gelegenheit, auch das Gürteltier aufzuschneiden.«

»Weil Charlotte es vergraben hatte«, fügte Jack hinzu. »Wir sollten nachsehen, was wir im Magen des Gürteltiers finden. Vielleicht klärt das ja die Frage, warum dem Alligator der Magen entfernt wurde.«

»Dann auf in den OP«, sagte Logan voller Tatendrang.

»Sekunde mal«, bremste sie Charlotte. »Habt ihr denn überhaupt schon mal ein Tier seziert? So heißt das doch, wenn man es aufschneidet und untersucht, oder?«

»Wir haben schon oft zugesehen, wenn Logans Mum mit Basil und Tramp Tiere untersucht oder verarztet hat«, erwiderte Jack.

»Das heißt dann wohl: nein«, seufzte Charlotte.

Logan lächelte zuversichtlich. »Das kriegen wir schon hin.«

Sie trugen das Gürteltier in den Operationsraum und legten es mit dem Rücken auf den Seziertisch. Logan streifte sich Latexhandschuhe über. Jack suchte ein Buch aus dem Regal.

»Woran erkennst du den Magen?«, fragte Charlotte und beobachtete Logan dabei, wie er sich eine Stirnlampe aufsetzte.

»Alle Säugetiere haben mehr oder weniger dieselben Organe«, erwiderte Logan mit einer gewissen Lässigkeit. »Man muss sie nur durchgehen, dann weiß man, ob was fehlt.«

»Und das machen wir mithilfe des Organ-Atlas«, sagte Jack und platzierte ein großformatiges Buch neben dem Tier. Die Doppelseite zeigte die schematische Zeichnung eines Gürteltiers inklusive aller Organe.

»Dann wollen wir mal«, sagte Logan. Er schnitt die Unterseite des Säugetiers mit einem Skalpell auf und schob die Bauchdecke auseinander. Charlotte verzog das Gesicht.

Aber sie spürte auch Neugierde. Schließlich bekam man nicht jeden Tag das Innere eines Lebewesens zu sehen.

»Hier oben ist schon mal das Herz«, sagte Logan und verglich das pflaumengroße Organ mit der Zeichnung im Buch. »Dann haben wir die Lunge, die Milz ...« Er schob seine Finger tiefer in den Körper hinein. »Das hier müsste die Leber sein ...«

»Und das da?«, fragte Charlotte und wies auf einen länglichen, mehrfach gefalteten Schlauch.

»Das ist der Darm«, sagte Logan.

»Igitt!« Charlotte ging auf Abstand.

»So funktioniert ein Körper nun mal«, sagte Logan.

»Jaja, schon klar.« Charlotte traute sich wieder etwas vor. »Und wo sitzt die Seele?«

Logan hob den Kopf. »Die was?«

»Die Seele«, wiederholte Charlotte. »Das *Ich*. Das, was dich zu dir und mich zu mir macht.«

»Von Seele steht hier nichts«, sagte Jack mit Blick auf das Buch.

»Es gibt keine Seele«, sagte Logan. »Das ist alles Humbug.«

»Und wieso weißt du dann, dass du du bist und nicht ich?«, fragte Charlotte.

»Das macht das Gehirn.«

»Mit einer Seele«, fügte Charlotte hinzu.

»Pffff.« Logan warf ihr einen langen Blick zu.

»Konzentrieren wir uns wieder auf die Arbeit«, schlug Jack vor. »Was ist jetzt mit dem Magen?«

»Das müsste der hier sein.« Logan führte einige Schnitte aus und hob das Organ heraus.

»Was kann sich Interessantes im Magen eines Tiers befinden?«, fragte Jack.

»Das werden wir gleich wissen«, sagte Logan und schnitt den Magen auf.

»Puh, stinkt das!« Charlotte wendete sich ab.

Logan fuhr mit den Fingern durch das Organ. »Nichts«, sagte er. »Nur ein wenig Flüssigkeit. Magensäure, schätze ich mal.« Er hob den Kopf und sah zu Jack. »Der Magen ist leer.«

Die Tür wurde geöffnet, Basil schaute herein.

»Was macht ihr denn da?«, fragte er überrascht, als er die drei Hobbyforscher um den Seziertisch versammelt erblickte.

»Wir, äh ...«, stammelte Jack.

»Wir bilden uns weiter«, sagte Charlotte und strahlte Basil selbstsicher an. »Jugend forscht!«

»Äh, ja, okay«, erwiderte Basil mit zweifelndem Blick. »Wenn ihr mit eurer *Weiterbildung* fertig seid, wäre es gut, wenn du dich um die Otter kümmern könntest, Logan. Das hattest du deiner Mum versprochen.«

Logan stöhnte auf. »Die habe ich total vergessen.«

»Wir helfen dir«, schlug Charlotte vor.

Aber Jack schüttelte den Kopf. »Es ist schon spät. Wir machen für heute Schluss. Logan schafft das auch allein, nicht wahr?«

»Du kannst ihm doch helfen«, sagte Charlotte verwundert. »Ich nehme den Shuttle ...«

»Ich fahre dich«, unterbrach Jack sie. »Oder? Logan?«

»Kein Problem, ich krieg das hin.« Er zog sich die Latexhandschuhe aus. »Bis morgen, Leute.«

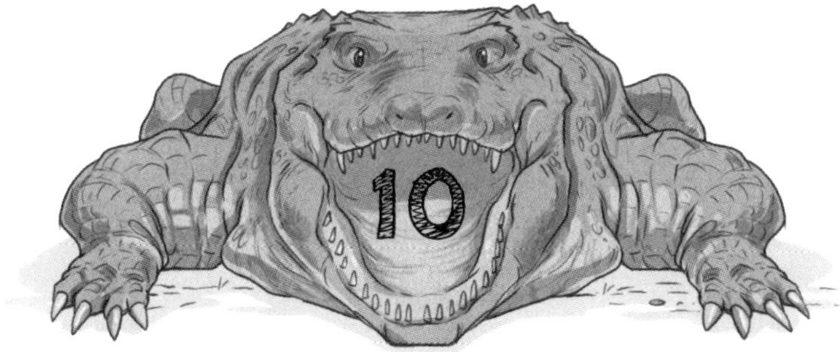

Nachdem sie eine Weile Richtung Homestead gefahren waren, lenkte Jack das Boot plötzlich in westliche Richtung. Charlotte warf ihm einen fragenden Blick zu. Aber Jack bedeutete ihr mit der Hand abzuwarten.

Nach ein paar Minuten änderte er erneut die Richtung und nahm Kurs auf den im Süden gelegenen Mangrovengürtel.

»Jack!«, brüllte Charlotte. »Wo fahren wir hin?«

»Ich will dir was zeigen!«, brüllte Jack zurück.

Der Mangrovengürtel zog sich wie ein Band über den Süden und Westen des Nationalparks. Er bildete die Grenze zwischen Süß- und Salzwasser. Hinter ihm erstreckte sich das offene Meer. Aber vorher formten seine großen Bäume mit ihren ausufernden Wurzeln ein wahres Urwaldlabyrinth. Wer sich im Mangrovengürtel verirrte, hatte ein echtes Problem.

In gemächlichem Tempo lenkte Jack das Boot entlang der Küstenlinie. Ein im Schilfgras lauerndes Krokodil huschte rasch ins Wasser. Einige Ibisse flatterten auf. Im Gebüsch neben ihnen raschelte es. Jack wusste nicht, ob sich dort ein Wildschwein oder ein Puma versteckte. Aber darüber machte er sich auch keine Sorgen, denn normalerweise gingen Tiere dem Menschen aus dem Weg. Sie hatten kein Interesse an einer Konfrontation und jagten lieber Beute, die sie einschätzen konnten. Menschen mit ihrer lauten Art waren ihnen unheimlich.

Jack und Charlotte erreichten eine offene Stelle im dichten Mangrovengestrüpp. Jack lenkte das Boot durch eine Schneise, bis sie eine erhöhte Stelle erreichten, die inselgleich aus dem Wasser ragte. Jack sprang aus dem Boot und vertäute es an einem Mangrovenstamm.

»Kommst du?«, forderte er Charlotte auf.

Sie sprang an Land und folgte Jack durch dichtes Gestrüpp, bis sich das Dickicht nach wenigen Metern öffnete und den Blick auf einen See freigab, der sich mehr als hundert Meter weit bis zur nächsten Baumbegrenzung erstreckte.

Jack kletterte auf eine kräftige Mangrovenwurzel, die weit ins Wasser reichte, und gab Charlotte ein Zeichen, ihm zu folgen. Ratlos kletterte sie zu ihm und setzte sich neben ihn auf die Wurzel.

»Diesen Ort kennt niemand«, sagte Jack. »Nicht mal Logan.«

»Und wieso bringst du mich dann hierher?«, fragte Charlotte.

»Sekunde noch.«

Charlotte zog die Stirn kraus. »Was soll das, Jack?« Sie verstummte. Unter ihr zog ein Schatten durchs Wasser. Dann noch einer. Und ein dritter.

Waren das Alligatoren? Oder Flusshaie? Charlotte hatte mal gelesen, dass es eine Haiart gab, die auch im Süßwasser überleben konnte. Dummerweise waren sie auch noch extrem gefährlich. Hatte Jack Charlotte deshalb hierhergebracht? Um ihr fresswütige Haie zu zeigen?

Rund fünf Meter von ihnen entfernt verharrten die Schatten knapp unterhalb der Wasseroberfläche. So, als würden sie Rast machen.

Erst jetzt richtete Jack den Blick auf Charlotte und flüsterte: »Seekühe.«

Charlotte blieb beinahe das Herz stehen. Im selben Augenblick tauchte ein hellgrauer Kopf aus den Fluten und gab ein schnarrendes Geräusch von sich. Dann tauchten auch die beiden anderen Seekühe auf. Es handelte sich um zwei erwachsene Tiere und ein Junges. Es war eine Familie.

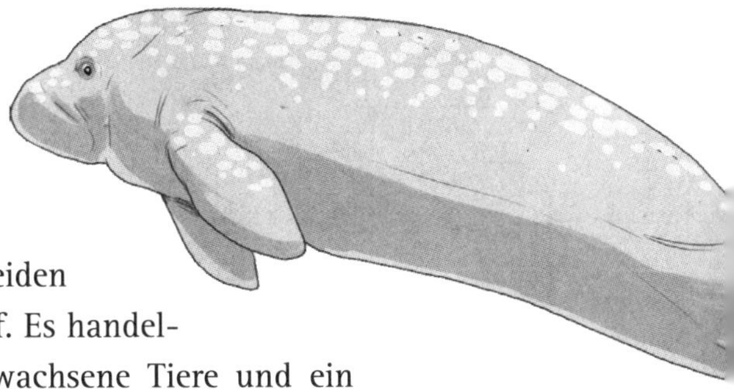

Charlotte war begeistert!

»Das ist ... wunderschön«, stotterte sie und warf Jack einen dankbaren Blick zu. »Danke, dass du mich hierhergebracht hast.«

Sie sahen aufs Wasser und verfolgten die Seekühe, die langsam ihre Bahnen zogen. Dann tauchten sie plötzlich unter. Und als Charlotte schon glaubte, sie wären davongeschwommen, tauchte das Junge plötzlich direkt neben der Baumwurzel auf und schnaubte aus. Dann verschwand es. Und der See war wieder ruhig.

Jack drehte sich zu Charlotte. »Worum geht's bei dem Ärger?«

Das Mädchen zuckte überrascht zurück. »Bitte?«

»Mit deinen Pflegeeltern«, sagte Jack. »Wenn sie überlegen, dich dem Jugendamt zu übergeben, muss doch was vorgefallen ein. Man nimmt doch kein Kind bei sich auf und wirft es nach ein paar Wochen wieder raus, nur weil man keine Lust mehr auf es hat. Familie bedeutet, dass man durch dick und dünn geht. Gute und schlechte Zeiten. Also: Was ist passiert?«

Charlotte schluckte. »Sie glauben, ich hätte sie bestohlen.« Erst jetzt, als sie es aussprach, wurde ihr bewusst, wie sehr sie das fehlende Vertrauen ihrer Pflegeeltern verletzte. Eine Träne lief über ihre Wange.

»Die Durbridges haben ziemlich viel Geld«, fuhr Charlotte fort. »Und meine Pflegemutter besitzt einigen Schmuck. Sie hat ihn mir mal ganz stolz gezeigt. Ich fand ihn schön, aber ich habe mich auch gefragt, wozu man so viel Klunker braucht, wenn er sowieso die meiste Zeit nur rumliegt. Mit dem Geld, das der wert ist, könnte man doch echt Besseres anfangen, oder?« Sie warf Jack einen scheuen Blick zu. Aber er reagierte nicht. Charlotte fuhr fort.

»Vor einer Woche wurde bei uns eingebrochen. Die Diebe haben auch Schmuck gestohlen, unter anderem ein Armband mit zwei kleinen Diamanten. Einen von ihnen hat meine Pflegemutter später zwischen meinen Sachen gefunden. Stell dir das mal vor, die hat einfach meine Klamotten durchwühlt, ohne mich zu fragen! Wahrscheinlich hat sie mich schon länger verdächtigt und ist deshalb in mein Zimmer marschiert. Sie hat mir von Anfang an misstraut. Das habe ich immer gespürt.«

»Da komm ich nicht mit«, sagte Jack. »Bei euch wird eingebrochen und Schmuck gestohlen und zwischen deinen Klamotten ist ein Diamant versteckt? Wie passt das zusammen? Woher kommt er? Haben ihn die Diebe extra zu deinen Sachen gelegt, um den Verdacht auf dich zu lenken?«

Charlotte senkte den Kopf. »Nein, ich habe ihn gefunden.«

»Gefunden? Wo denn?«

»Hier im Sumpf. In der Nähe des toten Gürteltiers.«

Jack starrte sie mit großen Augen an. »Willst du mich auf den Arm nehmen?«

»Genauso haben die Durbridges auch reagiert«, seufzte Charlotte. »Aber was soll ich machen, es ist die Wahrheit. Soll ich lügen, nur damit es besser klingt?« Sie schöpfte Atem. »Als ich das Gürteltier gefunden hatte, trug ich es zur Insel, um es zu begraben. Ich kniete mich nieder und sah ein Glitzern im Schlamm. Das war der Diamant.«

»Wenn du wusstest, dass er deiner Mum gehört, wieso hast du ihn ihr dann nicht zurückgegeben?«

»Das wollte ich ja. Aber dann habe ich Mr Conway getroffen.«

»Mr Conway aus Homestead?«

Charlotte nickte. »Er saß in einem Hinterhof und weinte. Ich fragte ihn, was los sei, und er erzählte mir von seinem Haus und der Hypothek. Und auch, dass er nicht versichert war.«

Jack wusste, wovon Charlotte sprach. Bei dem Sturm, der vor ein paar Wochen über Südflorida gewütet hatte, waren zahlreiche Gebäude zerstört worden. Auch Homestead war betroffen und viele Häuser wurden komplett zerstört. Die meisten Leute waren versichert und würden deshalb Geld bekommen, um sich eine neue Existenz aufzubauen. Mr Conway hatte offenbar nicht vorgesorgt. Das erklärte auch, wieso Jack den älteren Herrn vor ein paar Tagen hinter dem *Market Square* beobachtet hatte, wie er Obst aus einem der Müllbehälter geangelt hatte.

»Ist noch ganz frisch!«, hatte er Jack zugerufen, nachdem er ihn bemerkt hatte. »Man sollte kein Essen wegwerfen, wenn irgendwo anders auf der Welt Menschen hungern.«

Jack fand das vernünftig, auch wenn es ihm merkwürdig vorkam, dass Mr Conway deswegen Obst aus dem Müll fischte. Niemals wäre er auf den Gedanken gekommen, dass der freundliche ältere Herr kein Geld hatte, um sich etwas zu essen zu kaufen.

»Mr Conway hat mir erzählt, dass er das Geld, das er für eine Versicherung hätte bezahlen müssen, seinen Kindern gegeben hat«, fuhr Charlotte fort. »Für ihr Studium. Jetzt ist das Haus zerstört. Und Mr Conway sitzt auf der Straße. Er hat nichts mehr.«

»Mist«, fluchte Jack. »Das hat er nicht verdient.« Er runzelte die Stirn. »Aber was hat das mit dem Diamanten zu tun, den du im Sumpf gefunden hast?«

»Ich wollte ihn Mr Conway schenken. Als Starthilfe.«

»Den Diamanten deiner Mum?«

Charlotte zuckte mit den Achseln. »Sie dachte, er wäre gestohlen worden. Und ich habe ihn zufällig gefunden. Außerdem: So viel Schmuck, wie sie hat, braucht kein Mensch. Wozu soll der rumliegen, wenn ein anderer nichts zu essen hat? Das ergibt keinen Sinn!«

»Ich weiß, was du meinst«, sagte Jack. »Trotzdem darf man nicht behalten, was einem anderen gehört.«

»Stimmt schon. Aber Mr Conway hatte gar nichts mehr. Und ich mag ihn. Ich hab schon oft mit ihm gesprochen. Er ist einer der wenigen Erwachsenen, die nicht nur reden, sondern auch zuhören können.«

Jack nickte. »Okay, aber was ich nicht verstehe, ist: Wieso hat deine Mum den Stein in deinen Sachen gefunden, wenn du ihn Mr Conway gegeben hast?«

»Er hat ihn nicht angenommen«, sagte Charlotte. »Er hat dasselbe gesagt wie du. Er geht lieber Obst aus dem Müll fischen, als ein Geschenk anzunehmen.«

Jack nickte ernst. »Und deshalb wollen deine Eltern dich zurück zum Jugendamt schicken.«

»Es sind nicht meine Eltern«, widersprach Charlotte. »Sondern *die Durbridges.*«

»Hast du sie auch so genannt, als noch alles in Ordnung war?«, fragte Jack.

Charlotte zuckte mit den Achseln. »Es ist die Wahrheit, oder?«

»Dann wundert es mich nicht, dass sie dich gehen lassen. Wenn ich ein Kind zur Pflege aufnehmen würde, das mich nur mit meinem Nachnamen anspricht, fände ich das auch ziemlich komisch.«

Charlotte schwieg.

Jack winkte ab. »Was soll's. Es ist, wie es ist. Also machen wir das Beste draus.« Er kletterte über die Baumwurzel zurück zur Insel.

Charlotte folgte ihm. »Und das wäre?«

»Weiß ich noch nicht. Aber mir fällt schon was ein.«

Schweigend kehrten sie zum Propellerboot zurück. Als Jack die Hand schon am Anlasser hatte, sagte er: »Ich jedenfalls fände es ziemlich schade, wenn du gehen müsstest.«

Charlotte seufzte. »Ich auch.«

Ein knatterndes Geräusch ließ sie zusammenzucken.

»Was war das?«, fragte Charlotte.

»Keine Ahnung.« Jack sah sich um. Auf dem Marschland vor ihnen war nichts zu sehen. Das Geräusch musste aus dem Mangrovengürtel hinter ihnen gekommen sein.

»War das ein Tier?«, fragte Charlotte. »Ein Vogel?«

Jack schüttelte den Kopf. »Hörte sich eher wie eine elektrische Entladung an.« Er warf einen Blick auf das Funkgerät. Es war abgeschaltet. Jack zuckte mit den Achseln. »Vielleicht ist auch bloß ein Ast abgebrochen ...«

Das Geräusch ertönte erneut.

»Hallo?«, rief Jack ins Mangrovendickicht.

»Vielleicht ist es der Bauchaufschlitzer«, flüsterte Charlotte.

»Wir sollten abhauen«, sagte Jack und griff nach dem Zündschlüssel.

Aber Charlotte hielt ihn zurück. »Ist vielleicht unsere Chance, ihn zu schnappen.«

Jacks Blick verfinsterte sich. »Einen Typen, der Tiere aufschlitzt und sie wie Müll liegen lässt? Wie willst du den denn schnappen?« Er schüttelte den Kopf. »Ich will nicht das Herz rausgerissen bekommen.«

In diesem Augenblick raschelte es im Gebüsch neben ihnen. Ein Schatten schoss aus dem Dickicht und hielt direkt auf sie zu. Jack duckte sich weg. Aber Charlotte lachte.

Dann erkannte auch Jack, worum es sich bei dem unheimlichen Angreifer handelte.

»Ein Papagei.«

»Und ich dachte, du hast nicht mal vor Alligatoren Angst«, sagte Charlotte grinsend.

»Ich hab mich bloß erschreckt«, gab Jack muffig zurück. Dann atmete er erleichtert auf. »Damit hat sich auch das Knattern geklärt. Papageien können alle möglichen Geräusche nachmachen. Auch etwas, das sich wie eine elektrische Entladung anhört.« Er ließ den Propeller an und lenkte das Boot Richtung Homestead.

Auf der Rückfahrt nach Devils Horn dämmerte es bereits. Jack hatte zwar keine Angst, im Dunkeln durch die Sümpfe zu fahren, aber wohler war ihm die Rückkehr bei Tageslicht. Abends und nachts gingen Tiere auf die Jagd, die sich tagsüber versteckt hielten. Und wenn sie sich bedroht fühlten, konnte es gefährlich werden. Deshalb gab Jack Vollgas und jagte mit nahezu fünfzig Stundenkilometern durch den Sumpf.

Auf halber Strecke sah er ein Propellerboot abseits der Fahrrinne stehen. Jack verlangsamte das Tempo, konnte aber niemanden an Bord entdecken. Auch das Boot kannte er nicht. Er überlegte kurz, ob er nachsehen sollte, gab dann aber wieder Gas und fuhr weiter. Wer jetzt noch im Sumpf unterwegs war, tat das auf eigene Verantwortung, dachte er.

Dann kam ihm ein anderer Gedanke. Was, wenn der Fahrer einen Unfall gehabt hatte und Hilfe brauchte?

Jack verlangsamte das Tempo und griff nach dem Funkgerät.

»*Air Boat Travel* für Jack, bitte kommen!«, rief er in den kleinen schwarzen Kasten. *Air Boat Travel* hieß die Propellerbootvermietung seiner Eltern und um diese Zeit war für gewöhnlich noch jemand im Büro. Aber es meldete sich niemand.

»*Air Boat Travel* für Jack, bitte kommen«, wiederholte Jack seinen Ruf. »Mum? Dad?«

Nichts. Erst jetzt fiel ihm die Leuchtanzeige am Gerät auf: Der Akku war fast leer. Vermutlich war er zu schwach, um über eine so weite Strecke Kontakt herzustellen. Ein weiterer Grund, so schnell wie möglich nach Hause zu fahren.

Wäre da nicht die Möglichkeit eines Unfalls. Falls der Fahrer des Boots wirklich in Schwierigkeiten steckte, war Jack vielleicht seine einzige Chance auf Rettung. Denn selbst wenn nach ihm noch Propellerboote von Homestead nach Devils Horn fuhren, würden sie das Boot in der Dunkelheit sicher nicht sehen. Dazu war es zu weit ab vom Schuss.

Jack wendete und fuhr langsam die Wasserstraße zurück. Mittlerweile war es so dunkel geworden, dass die Sicht kaum mehr als hundert Meter betrug. Jack erreichte das andere Boot und stoppte längsseits. Dann warf er einen Blick in den wannenförmigen Rumpf. Auf dem Boden lagen Seile, eine Plastiktüte und ein Maulkorb, als wären sie achtlos hineingeworfen worden. Eine Packung Kabelbinder und eine Rolle Klebeband vervollständigten das Chaos. Ein Funkgerät suchte er vergeblich.

»Hallo?«, rief er, so laut er konnte. Keine Antwort. Jack

fuhr im Kreis um das Boot herum und suchte den Sumpf mit dem Scheinwerfer ab, der über ihm an einem Gestänge befestigt war. Vielleicht war der Fahrer ja gestürzt und lag bewusstlos im Schilfgras. Aber Jack fand keine Spuren.

Also beschloss er, weiterzufahren und seine Eltern von Devils Horn aus anzufunken, um ihnen den Standort durchzugeben. Sie könnten gegebenenfalls den Sheriff alarmieren.

Jack wollte das Boot gerade wieder Richtung Wasserstraße lenken, als er einen Schatten bemerkte. Er schaltete den Motor aus und richtete den Scheinwerfer auf die Stelle. Ein Mann stand bis zu den Knien im Sumpf und hielt schützend die Hand vor die Augen.

»Wer sind Sie?«, rief Jack. »Und was machen Sie da?«

Der Mann watete auf ihn zu.

»Mein Name ist Schuster. Simon Schuster.«

Jack hatte den Namen noch nie gehört. »Hatten Sie einen Unfall?«

Mr Schuster blieb neben dem Boot stehen. Er war Mitte dreißig, hatte einen dichten Bart und eine auffällige Warze an der Backe. Er wirkte nervös.

»Nein, ich ... wollte mich nur ein bisschen umsehen«, sagte er. »Bist du der Junge aus Devils Horn? Der mit den Tieren?«

»Nein«, erwiderte Jack. »Meine Eltern haben einen Propellerbootverleih und müssten jeden Augenblick hier vorbeikommen.« Das war zwar eine Lüge, aber Jack hoffte, dass sie Mr Schuster auf Abstand hielt. »Sie sollten lieber vorsichtig sein. Hier gibt es Tiere, die Sie mit einem Biss erledigen können.«

Mr Schuster nickte. »Ich wollte sowieso gerade nach Hause fahren.«

»Nach Homestead?«, fragte Jack.

»Ja. Sollen wir zusammen fahren?«

»Ich wohne in Devils Horn.« Jack legte die Hand an den Zündschlüssel.

»Ist dir in letzter Zeit irgendwas aufgefallen?«, fragte Schuster. »Komische Geräusche oder ... merkwürdige Tiere?«

»Was denn für Tiere?«, fragte Jack.

Mr Schuster zuckte mit den Achseln. »Ich weiß nicht. Ich fotografiere gerne. Und freue mich, wenn ich etwas Ungewöhnliches vor die Kamera bekomme.«

»Tut mir leid, mir ist nichts aufgefallen«, sagte Jack und drehte den Zündschlüssel. Der Motor sprang an und der Propeller gab ein ohrenbetäubendes Geräusch von sich. »Wiedersehn!«, brüllte er und fuhr los.

Als er etwa hundert Meter entfernt war, drehte Jack sich noch einmal um und sah die Lampe an Mr Schusters Boot aufflammen. Dann wurde das Licht dunkler. Er fuhr in die entgegengesetzte Richtung, also nach Homestead. Jack fiel ein Stein vom Herzen. Der Typ war ihm nicht geheuer. Und Jack wollte nur noch so schnell wie möglich nach Hause.

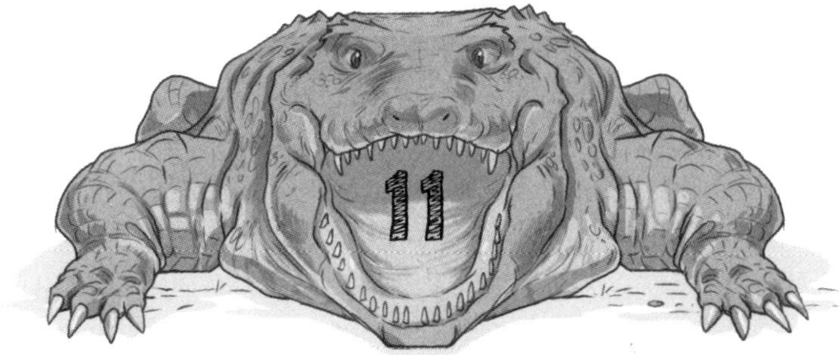

Als sich Jack und Logan am Montagmorgen an der Anlegestelle trafen, um gemeinsam mit dem Propellerboot nach Homestead in die Schule zu fahren, erwähnte Logan den Besuch seiner Mum beim Bürgermeister nur kurz. Erst in der großen Pause zogen sich die beiden mit Charlotte in eine ruhige Ecke des Schulhofs zurück und Logan berichtete.

»Bürgermeister Travis hat gesagt, dass es nur um wenige Tiere geht, und auch nur um solche, die nicht vom Aussterben bedroht sind. Deshalb hat er *Animal Limited* die Sondergenehmigung erteilt.«

»Ist ja sehr beruhigend«, spottete Jack. »Nur weil es genug Tiere gibt, können ein paar gefangen und verkauft werden. So was Dummes!«

»Wieso bekommt ausgerechnet *Animal Limited* die Genehmigung?«, fragte Charlotte. »Es gibt doch bestimmt auch noch andere, die gerne ein paar exotische Tiere fangen würden.«

»Animal Limited zahlt wohl eine Menge Geld für die Genehmigung«, sagte Logan. »Einen Teil davon bekommt die Rangerstation. Naturschutz ist teuer. Und es gab wohl schon Gespräche wegen der hohen Kosten. Meine Mum hat mir bloß nie was davon gesagt.«

»Aber ihr seid doch nur zu dritt«, wandte Jack ein. »Basil,

Tramp und deine Mum. Und selbst die schaffen die Arbeit nur mithilfe von Studenten. Wie soll denn da Geld eingespart werden? Der Bürgermeister kann ja wohl schlecht jemanden rausschmeißen.«

»Doch, kann er«, widersprach Logan. »Und muss er auch, wenn er keine zusätzlichen Geldquellen auftreibt. Die Sondergenehmigung ist eine davon.«

Charlotte zog die Stirn kraus. »Soll das heißen, deine Mum verliert vielleicht ihren Job?«

Logan schüttelte den Kopf. »Sie leitet die Station und den Job muss ja jemand machen.« Seine Stimme nahm einen besorgten Unterton an. »Es geht um Basil oder Tramp. Wenn kein zusätzliches Geld reinkommt, verliert vielleicht einer von ihnen seine Stelle.«

»Das ist nicht fair«, sagte Jack bitter.

»Da müssen wir was tun!«, sagte Charlotte.

»Was denn?«, fragte Logan. »Weißt du, was so eine Rangerstelle mit allem Drum und Dran kostet? Ein paar Tausend Dollar im Monat!«

Jack blieb die Spucke weg. Er hatte noch nie darüber nachgedacht, was ein Wildhüter verdiente. Er hatte geglaubt, sie könnten das Geld vielleicht irgendwie mit Nebenjobs verdienen. Aber ein paar Tausend Dollar? Das war jenseits ihrer Möglichkeiten.

»*Animal Limited* zahlt so viel, dass ein Arbeitsplatz gesichert werden kann«, fuhr Logan fort. »Also stellt sich die Frage: Wer muss weg? Entweder ein paar Tiere oder ein Wildhüter.«

Charlotte schnaubte aus. »Was macht die Firma überhaupt mit den Tieren?«

»Die werden nach Kuba gebracht«, sagte Logan. »Irgendein reicher Millionär will sich einen Privatzoo anlegen.«

»Statt dass er in den Nationalpark kommt und sich die Tiere hier anguckt, werden sie gefangen und eingesperrt«, sagte Jack und ballte vor Wut die Hände. »Unfassbar!«

»Ich muss euch noch was anderes erzählen«, sagte Charlotte. »Ich habe gestern Abend ein Gespräch zwischen meinen Pflegeeltern belauscht. Dabei ging es um die Einbrüche, die in letzter Zeit in Homestead verübt wurden. Mein Pflegedad meinte, dass da eine Bande dahinterstecken würde, die es ganz gezielt auf Diamanten abgesehen hat.«

Logan wurde hellhörig. »Wieso denn Diamanten?«

»Weil bei einer Bekannten von ihm auch eingebrochen wurde«, erklärte Charlotte. »Die Diebe hätten zwar ihren ganzen Schmuck durchsucht, aber Gold und Silber liegen lassen. Nur eine Halskette und eine Uhr nahmen sie mit – und in beiden von ihnen steckten Diamanten.«

»Also stiehlt jemand gezielt Diamanten und versteckt sie im Sumpf«, sagte Jack nachdenklich.

Logan hob die Augenbrauen. »Diamanten im Sumpf? Wisst ihr etwas, das ich auch wissen sollte?«

In diesem Augenblick läutete die Schulglocke das Ende der Pause ein.

»Nach der Schule«, sagte Charlotte. »Dann erzählen wir dir alles.«

Gleich nach der Schule berichteten Charlotte und Jack ihrem Freund von dem gestohlenen Armband.

»Und deshalb geben sie dich weg?«, fragte Logan kopfschüttelnd. »Wegen einem blöden Stück Schmuck?«

»Nicht wegen des Schmucks«, widersprach Charlotte. »Sondern wegen des enttäuschten Vertrauens.«

»Apropos Vertrauen«, sagte Logan. »Wieso habt ihr mir das denn nicht schon früher erzählt?«

»Das wollten wir!«, sagte Jack empört. »Was denkst du denn? Aber dann kam die Sache mit *Animal Limited* dazwischen und wir sind nicht früher dazu gekommen.«

Jack musste an seinen geheimen Ort denken, von dem nur Charlotte wusste. Sollte er Logan auch davon erzählen? Aber dann würde der wahrscheinlich nur fragen: *Wieso hast du mir nicht schon längst davon berichtet?* Deshalb beschloss Jack, erst einmal nichts zu sagen. Schließlich ging es ja auch um die Diamanten und nicht um seinen geheimen Ort.

»Mir ist übrigens gestern Abend was Komisches passiert«, sagte er stattdessen. »Auf der Rückfahrt nach Devils Horn war so ein Typ im Sumpf und meinte, er kommt aus Homestead. Aber ich habe ihn noch nie zuvor gesehen.«

»Na ja, Homestead ist kein Dorf«, gab Logan zu bedenken.

»Was hat er im Sumpf gemacht?«, fragte Charlotte.

»Das ist es ja gerade«, sagte Jack. »In seinem Boot hatte er Seile, Kabelbinder und einen Maulkorb.«

Charlotte verzog das Gesicht. »Einen Maulkorb?«

»Wollte er Tiere fangen?«, fragte Logan.

Jack schüttelte den Kopf. »Er meinte, er wolle sich bloß ein bisschen umsehen.«

»Nachts im Sumpf?« Logan blickte skeptisch. »Vielleicht hat er was gesucht.«

»Die Diamanten«, sagte Charlotte.

Jack nickte. »Daran habe ich auch schon gedacht. Aber wozu braucht er dann einen Maulkorb?«

»Vielleicht hat der gar nichts damit zu tun«, überlegte Charlotte, »sondern lag aus einem anderen Grund im Boot.«

»Wir sollten Sheriff Malone die Sache melden«, sagte Logan.

»Ich weiß nicht«, seufzte Jack. »Schließlich ist es ja nicht verboten, sich im Sumpf aufzuhalten. Und selbst wenn der Typ nicht die Wahrheit gesagt hat, bedeutet es noch lange nicht, dass er der Diamantendieb ist.«

Logan kräuselte die Stirn. »Würdest du ihn wiedererkennen, wenn du ihn siehst?«

»Klar«, sagte Jack. »Aber vielleicht lässt sich das Ganze auch viel schneller aufklären. Er hat mir nämlich seinen Namen genannt: Simon Schuster.«

»Das ist doch niemals sein echter Name!« Charlotte schüttelte den Kopf.

»Bevor wir den Sheriff alarmieren und jemand Unschuldiges anzeigen, sollten wir das checken«, sagte Logan. »In *Wild Claws.*«

»Einverstanden«, sagte Jack. »Da können wir auch gleich noch deine Mum nach Neuigkeiten wegen der toten Tiere fragen.«

»Dann los«, sagte Charlotte.

Sarah Matthews hatte in der Tat Neues zu berichten.

»Sheriff Malone hat Calvin Malloway verboten, die Leute von *Animal Limited* im Naturschutzgebiet herumzufahren«, berichtete sie den drei Freunden.

»Das ist doch super!«, rief Logan erfreut aus.

Aber seine Mum wirkte nicht besonders glücklich. »Das soll ich jetzt machen. Schließlich bin ich die Parkrangerin. Also ist es mein Job, Fremde sicher durch den Sumpf zu führen. Ganz egal, was sie hier tun.«

Logan schnappte nach Luft. »Du sollst diesen Typen helfen, die Tiere einzufangen?«

»Sieht so aus«, seufzte Sarah.

Ihr Sohn schüttelte den Kopf. »Aber das wirst du natürlich nicht tun. Schließlich wollen sie Tiere fangen, die du schützt. Das wäre ja eine total verkehrte Welt.«

»So ist es eben manchmal«, erwiderte seine Mum. »Ich bin hier auch nur angestellt und muss machen, was man mir sagt.«

»Haben die Leute von *Animal Limited* Fallen und Käfige, oder wie soll das gehen?«, fragte Jack.

»Wenn ich es richtig verstanden habe, wollen sich die beiden Herren erst einmal einen Überblick verschaffen. Das Fangen kommt später.«

»Du musst dich dagegen wehren, Ma«, sagte Logan. »Wir helfen dir dabei, wir malen Plakate, sammeln Unterschriften, machen Aktionen auf dem Parkplatz der Mall …«

»Schluss damit«, unterbrach ihn Sarah. »Ich habe eine klare Anweisung bekommen und an die halten wir uns auch. Alle! Ich möchte nicht, dass einer von euch unhöflich oder frech zu den Leuten von *Animal Limited* ist. Ihr benehmt euch freundlich und zuvorkommend, so wie jedem anderen gegenüber auch. Sonst kann ich es nicht erlauben, dass ihr euch weiterhin hier trefft. Habe ich mich klar ausgedrückt?«

Logan starrte seine Mum mit großen Augen an.

Jack lenkte ein. »Verstanden, Ma'am. Sie können sich auf uns verlassen.«

»Sie hat Angst um ihren Job«, sagte Jack, als die drei das Haupthaus verließen. »Wenn sie ihn verliert, müsst ihr wegziehen. Davon hätte niemand was.«

»Aber so ist es auch blöd«, knurrte Logan.

»Hey!«, rief eine Stimme. Die drei Freunde drehten sich um. Am Anleger stand Basil und winkte ihnen aufgeregt zu. »Kommt mal her!«

»Was ist los?«, fragte Logan, als sie den Steg erreichten.

»Ihr habt mich mit eurem Boot zugeparkt«, sagte Basil. »Wie soll ich denn da rauskommen?«

»Sorry …«, begann Jack, aber Basil unterbrach ihn brüsk.

»Hier ist der Anleger der Rangerstation, Jack, nicht euer Privatkai.«

Jack löste das Haltetau. »Ich fahr das Boot weg.«

»Wenn es einen Notfall gibt und ich schnell weg muss, komm ich nicht raus«, fuhr Basil unbeirrt fort. »Also mach dein Boot ab sofort woanders fest, okay?«

»Kannst du mal aufhören, den Jungen anzumotzen?« Tramp kam mit einer Schubkarre voll Heu näher.

Basil warf ihm einen bösen Blick zu. »Er hat mich zugeparkt.«

»Na und? Das hat dich bisher doch auch nicht gestört.«

»Aber jetzt stört es mich. Also wo ist das Problem?«

»Du bist das Problem«, sagte Tramp. »Du machst Wind, obwohl gar nichts los ist.«

»Wenn hier einer Wind macht, dann ja wohl du«, gab Basil zurück.

»Der Weg ist frei«, sagte Jack, der sein Boot in der Zwischenzeit zur Seite gezogen hatte.

»Wurde auch Zeit«, knurrte Basil. Er startete den Motor des Rangerboots und fuhr davon.

»Was ist denn mit dem los?«, fragte Logan.

»Der hat schlechte Laune, weil ihn Sarah zur Schnecke gemacht hat.«

»Zur Schnecke gemacht?«, fragte Charlotte. »Warum?«

Tramp winkte ab. »Basil hat den Hydrologen nach Homestead gefahren und sollte auf dem Rückweg ein paar Studenten mitbringen. Aber die hat er vergessen und jetzt muss er noch mal in die Stadt.« Er schüttelte den Kopf. »Ganz schön dumm, muss ich sagen. Mir wäre so was nicht passiert.« Er packte die Schubkarre und zog weiter Richtung Freigehege.

»Das habe ich ja noch nie erlebt«, wunderte sich Jack. »Dass Basil und Tramp sich so angiften.«

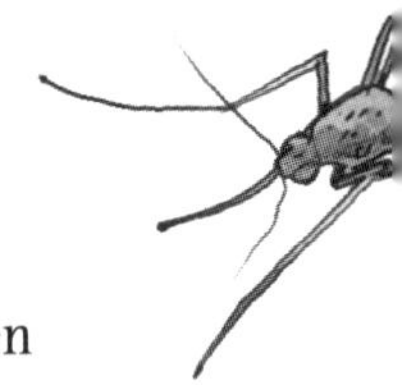

»Die haben auch Angst um ihre Jobs«, sagte Charlotte. »Genau wie deine Mum, Logan. Das greift um sich wie eine Krankheit und macht alle verrückt. Ist ja auch keine schöne Vorstellung, von heute auf morgen rauszufliegen und nicht zu wissen, wovon man die Miete bezahlen soll. Ich kann verstehen, dass die das wurmt.«

»Am besten tun wir, was deine Mum gesagt hat, und halten uns zurück«, sagte Jack zu Logan. »Wir können ihr sowieso nicht helfen.«

»Aber Charlotte können wir helfen«, erwiderte Logan. »Indem wir beweisen, dass sie den Diamanten nicht gestohlen hat.«

»Und wie?«, fragte Charlotte. »Den Einbruch bei den Durbridges hat ja niemand beobachtet.«

»Ich weiß es nicht«, sagte Logan und rieb sich das Kinn. »Aber ich finde es merkwürdig, dass du den Diamanten mitten im Sumpf gefunden hast. Das ist schon ein ziemlicher Zufall, oder?«

Charlottes Augen verengten sich. »Willst du damit sagen, dass ich lüge?«

Logan blieb ruhig. »Nein, ich will damit sagen, dass es da vielleicht noch mehr gibt.«

Jack zog die Stirn kraus. »Wie meinst du das?«

»Na, ist doch logisch«, sagte Logan. »Erst klaut der Dieb die Diamanten in den Häusern in Homestead, dann versteckt er sie im Naturreservat. Charlotte hat es selbst gesagt: Der Sumpf ist ein Riesengebiet, bewacht von wilden Tieren. Ein idealer Ort, um Diebesgut zu verstecken.«

»Aber warum sollte er das tun?«, fragte Charlotte. »Wieso haut er mit der Beute nicht einfach ab?«

»Darauf gibt es zwei mögliche Antworten«, erwiderte Logan. »Entweder ist er noch nicht fertig und will noch mehr Diamanten stehlen. Oder ...« Er sah sich um und fuhr dann leiser fort: »Oder er ist aus Homestead und will Gras über die Sache wachsen lassen, bevor er die Steine holt und verkauft.«

»Simon Schuster«, flüsterte Charlotte.

»Aber der Ort, an dem ich ihn getroffen habe, ist meilenweit entfernt von der Stelle, wo Charlotte den Diamanten gefunden hat«, gab Jack zu bedenken.

»Wir sollten ihn trotzdem checken«, sagte Logan.

Jack nickte. »Aber vorher suchen wir seinen Namen im Internet.«

»Einverstanden«, sagte Charlotte. »Ich hab da aber noch eine andere Frage: Wieso flüstern wir auf einmal?« Sie sah sich um. Ihr Blick fiel auf Tramp, der in einiger Entfernung Heu ins Freigehege schaufelte.

»Kommt mit«, sagte Logan. »Dann erzähle ich es euch.«

Nachdem sie das Labor betreten hatten, schloss Logan die Tür. »Okay, aber das muss unter uns bleiben.«

Jack und Charlotte nickten.

»Vorletzte Nacht bin ich aufgewacht«, berichtete Logan. »Irgendwas hatte mich geweckt, deshalb bin ich raus zur Station und habe nachgesehen. Beim Vogelgehege sah ich einen Schatten, und als ich zu ihm rannte, stand plötzlich Tramp vor mir.«

»Also war Tramp der Schatten?«, fragte Charlotte.

»Ich weiß es nicht«, antwortete Logan. »Eigentlich sah der Schatten nicht wie ein Mensch aus. Sondern eher wie ein Tier.«

Jack schüttelte den Kopf. »Das verstehe ich nicht. Was hatte dich denn überhaupt geweckt?«

»Ein Fauchen«, sagte Logan. »Ziemlich tief und irgendwie unheimlich.«

»Von einem Tier?«, fragte Charlotte.

»Ich kenne kein Tier, das so faucht.«

»Jetzt wird's aber echt unheimlich«, sagte Jack. »Dieser Simon Schuster hat mich nämlich gefragt, ob ich in letzter Zeit irgendwelche seltsamen Geräusche in den Sümpfen gehört oder unbekannte Tiere gesehen hätte.« Er sah zu Logan. »Was wollte Tramp denn mitten in der Nacht bei den Gehegen?«

»Er meinte, er hätte das Geräusch auch gehört«, sagte Logan. »Aber irgendwie hat er dabei komisch gewirkt.«

»Was meinst du mit *komisch?«*, fragte Charlotte.

»Nicht so locker wie sonst. Er hat mich regelrecht angemault, dass ich auch draußen rumschleiche.«

»Was sagt deine Mum?«, wollte Jack wissen.

»Ich habe ihr noch nichts gesagt. Tramp wollte es so. Damit sie sich nicht noch mehr aufregt, weil sie doch gerade so einen Stress hat.«

»Sekunde mal«, sagte Charlotte. »Willst du damit andeuten, Tramp könnte etwas mit Simon Schuster zu tun haben? Oder in den Diamantenraub verwickelt sein?«

Logan seufzte tief. »Ich weiß es nicht. Fakt ist aber, dass Tramp in letzter Zeit ziemlich nervös ist.«

»Weil er Angst um seinen Job hat«, stellte Jack fest. »Genau wie Basil. Der hat mich vorhin auch ganz schön angeblafft.«

»Ich behaupte ja auch gar nicht, dass Tramp etwas mit

der Sache zu tun hat«, sagte Logan. »Ich denke nur, wir sollten etwas vorsichtiger sein, solange wir nicht mehr wissen.«

Charlotte nickte. »Dann versuchen jetzt erst einmal rauszukriegen, ob es in Homestead einen Simon Schuster gibt.«

Die drei setzten sich an Computer, Laptop und Smartphone und durchforsteten das Internet. Ohne Erfolg.

»Das heißt aber nicht, dass es ihn nicht gibt«, sagte Jack. »Er ist bloß nirgends gemeldet oder hat etwas unter seinem Namen veröffentlicht.«

»Oder es ist gar nicht sein echter Name«, überlegte Logan.

»Und was machen wir jetzt?«, fragte Charlotte. »In Homestead die Straßen abklappern und an den Klingelschildern nach dem Namen *Schuster* suchen?«

»Ich schlage vor, wir fahren erst mal in den Sumpf und sehen uns ein bisschen um«, sagte Logan. »Als Erstes dort, wo Jack diesen Schuster getroffen hat. Dann an der Stelle, an der Charlotte den Diamanten gefunden hat. Vielleicht finden wir ja etwas.«

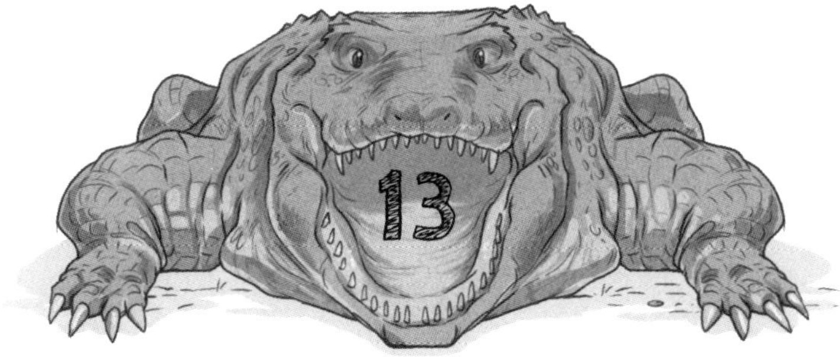

Als die drei Freunde den Ort erreichten, an dem Jack Simon Schuster getroffen hatte, entdeckten sie am Ufer mehrere Kabelbinder.

»Die hat er wahrscheinlich verloren, als er im Sumpf rumgewatet ist«, vermutete Jack.

»Wozu braucht man Kabelbinder, wenn man Diamanten verstecken will?«, fragte sich Logan.

»Jungs, kommt mal her!«, rief Charlotte ihnen zu. Sie wateten zu ihr und starrten auf das helle Stück Fleisch, das zwischen dem Schilfgras lag.

»Ein Hähnchen«, murmelte Jack. »Aus einem Supermarkt. Da ist noch Plastikfolie dran.«

»Hatte Schuster Hähnchen in seinem Boot?«, fragte Charlotte.

»Da lag eine Plastiktüte«, erinnerte sich Jack. »Was drin war, weiß ich aber nicht.«

»Wozu legt man Hähnchen in den Sumpf?«, wunderte sich Charlotte.

»Um Tiere anzulocken«, sagte Logan. »Bären oder Pumas oder …« Er hob den Kopf. »Alligatoren.«

Jacks Miene verfinsterte sich. »Dann hat Simon Schuster den Alligator aufgeschlitzt?«

Die drei starrten einander an.

»Wir nehmen das Hähnchen mit und untersuchen es im Labor«, sagte Logan. »Vielleicht finden wir ja etwas.«

Mit einer Schaufel hoben sie den toten Körper aus dem Sumpf und verfrachteten ihn ins Boot. Dann fuhren sie zu der Stelle, an der Charlotte das Gürteltier gefunden hatte. Das Mädchen führte sie zum Dornbusch, hinter dem der Diamant gelegen hatte.

»Wie kommt ein Diamant in diese Wildnis?«, murmelte Jack. »Und wieso liegt er nur ein paar Meter von einem toten Gürteltier entfernt?«

Logan wandte sich an Charlotte. »Und du warst überhaupt nur hier, weil du dich im Sumpf umgesehen hast?«

»Ganz genau«, bestätigte das Mädchen.

»Das glaubt uns niemand«, sagte Logan zu Jack. »Besonders nicht Charlottes Pflegeeltern.«

»Deshalb brauchen wir Beweise«, sagte Jack. »Irgendetwas ziemlich Seltsames geht hier vor sich. Aber ohne Beweise haben wir keine Chance, die Wahrheit herauszufinden.«

Logan nickte. »Dann durchsuchen wir jetzt den Sumpf. Ganz systematisch.«

Sie taten es. Bis die Sonne sank und sich der Tag dem Ende neigte. Aber sie fanden nichts.

»Das bringt nichts«, seufzte Logan. »Selbst wenn es hier Spuren gibt, finden wir sie nicht. Es ist aussichtslos.«

»Oder die falsche Stelle«, murmelte Jack. »Vielleicht sollten wir auch noch mal dort suchen, wo meine Mum und ich den aufgeschlitzten Alligator gefunden haben. Der lag an einer Insel. Und auf einer Insel ist mehr zu sehen als hier im trüben Wasser.«

»Du willst also an der Stelle suchen, an der meine Mum es uns ausdrücklich verboten hat?«, fragte Logan.

Jack antwortete nicht.

»Vielleicht sollten wir lieber aufhören«, sagte Charlotte.

Aber Logan schüttelte den Kopf. »Nein, Jack hat recht. Wir können nur etwas finden, wenn wir danach suchen. Und nur weil die Chancen schlecht stehen, dürfen wir uns nicht abhalten lassen.«

»Dann machen wir weiter«, sagte Jack. »Morgen.«

Während Jack Charlotte nach Homestead brachte, ging Logan zur Rangerstation. Sie lag wie ausgestorben da. Weder seine Mum noch die beiden Wildhüter waren zu sehen. Aufgrund der fehlenden Propellerboote vermutete Logan, dass sie noch unterwegs waren. Er ging in die Küche im Haupthaus und traf auf Doktor Harrington, der rasch die Kühlschranktür zuwarf, als er Logan bemerkte.

»Hallo, Doktor«, sagte Logan.

Harrington grinste unbeholfen. »Hi! Wie geht's denn so?«

»Gut. Und Ihnen?«

»Mir? Geht's super. Absolut super.« Er lachte nervös.

»Ist meine Mum noch nicht da?«, fragte Logan.

Doktor Harrington schüttelte den Kopf. »Die ist mit Basil in Homestead. Irgendwas erledigen. Und Tramp – keine Ahnung. Ich hab ihn nicht gesehen.« Er nestelte unruhig an seinem Hemd herum.

Logan runzelte die Stirn. »Alles in Ordnung?«

»Ja, klar ist alles in Ordnung.« Doch plötzlich erlosch sein Grinsen und Harringtons Gesicht verzog sich zu einer schmerzverzerrten Fratze. »Nein, nichts ist in Ordnung.

Gar nichts ist in Ordnung.« Mutlos ließ er die Schultern hängen.

»Sie sind krank?«, fragte Logan besorgt.

Harrington schüttelte den Kopf. »Nein, ich bin nicht krank. Jedenfalls nicht so. Ich …« Er hob den Kopf und sah Logan mit traurigen Augen an. »Du musst mir versprechen, es niemandem zu sagen. Niemandem! Verstehst du?«

Au Backe, dachte Logan. *Harrington ist der Diamantendieb. Und will es mir jetzt beichten. Und ich habe mein Bowiemesser nicht dabei …*

»Versprichst du es?«, fragte der Hydrologe noch einmal.

Logan nickte. »Worum geht's?«

»Ich …« Doktor Harrington rang die Hände. »Ich halte … Diät.«

Logan riss die Augen auf. »Was?« Er glaubte, sich verhört zu haben.

»Weil ich doch so dick bin«, fuhr Doktor Harrington fort. »Das nervt total, deshalb will ich unbedingt abnehmen. Und ich dachte, die Zeit hier auf der Station wäre eine prima Gelegenheit, ein paar Kilos abzuspecken.«

Sein Gesicht nahm einen finsteren Ausdruck an. »Aber ich schaffe es nicht. Ich kann an nichts anderes mehr denken als an Essen. Ich setze mich vor den Laptop, um meinen Bericht zu schreiben, und die kleinen Symbole auf dem Desktop verwandeln sich in saftige Burger und kross gebratene Schnitzel. Ich träume von dampfenden Nudeln, fliegenden Brathähnchen, bellenden Hotdogs …«

»Hört sich übel an«, sagte Logan und hatte Schwierigkeiten, sich ein Grinsen zu verkneifen.

»Es ist so schlimm, dass ich es nicht mehr aushalte«, bestätigte Harrington. »Deshalb bin ich hier. Ich suche Essen. Ich habe Hunger!«

»Ich verrate Sie nicht«, versprach Logan.

Harrington lächelte. »Wirklich nicht?«

»Ganz bestimmt nicht. Und wenn Sie mal Lust auf was Süßes haben, können Sie sich gerne an meinem geheimen Vorrat bedienen. Den habe ich im Labor versteckt. Hinter dem Kühlschrank mit den Proben.«

Harrington atmete auf. »Das ist echt nett von dir.«

»Ehrensache«, sagte Logan. »Dann lass ich Sie mal alleine. Guten Appetit.«

»Äh, danke«, stammelte Harrington.

Logan verließ die Küche und musste kichern. Doktor Harrington war echt schräg. Logan hatte ihm zugetraut, der Diamantendieb zu sein. Dabei wollte er nur Essen stibitzen.

Logan verließ das Haupthaus. Es war immer noch niemand gekommen, weder seine Mutter noch Basil oder ... Tramp.

Logan musste an die nächtliche Begegnung mit dem Wildhüter denken. Tramp war nicht nur nervös gewesen, sondern sogar ein bisschen aggressiv. Das konnte natürlich mit der drohenden Entlassung zusammenhängen. Oder mit etwas anderem.

Nur mal angenommen, Tramp hatte doch etwas mit dem Diamantendiebstahl zu tun. Dann fanden sich in seinem Zimmer vielleicht Beweise. Logan fühlte sich zwar nicht wohl bei dem Gedanken, Tramps private Sachen zu durchsuchen. Aber noch unwohler fühlte er sich bei dem Gedanken, dass Charlotte Florida verlassen musste, weil sie fälschlicherweise beschuldigt wurde.

Die Gelegenheit war günstig. Außer Doktor Harrington und ihm war niemand da. Vielleicht genügte ja schon ein kurzer Blick. Logan ging los.

Eigentlich wohnten Tramp und Basil in Homestead. Aber wenn es viel zu tun gab oder es schon spät war, stand beiden jeweils ein kleines Zimmer im Besucherzentrum zur Verfügung. Viel mehr als ein Bett, ein Schrank und ein Tisch passten nicht hinein, aber die beiden Wildhüter hatten sich ihre Unterkünfte im Laufe der Zeit so wohnlich eingerichtet, dass man sich auch mehrere Stunden darin aufhalten konnte, ohne dass einem die Decke auf den Kopf fiel.

Tramp hatte Logan schon ein paar Mal abends zu sich eingeladen, dann hatten sie Karten gespielt oder einen Film zusammen gesehen. Tramp hatte zwar nur einen kleinen Fernseher, aber es war einfach total gemütlich, auf seinem Bett rumzulümmeln, Popcorn zu futtern und *Crocodile Dundee* zu sehen. Obwohl Tramp mehr als doppelt so alt war wie Logan, betrachtete er ihn dennoch als Kumpel. Deshalb fühlte sich Logan auch besonders schlecht, in den Sachen des Wildhüters rumzuwühlen. Aber es ließ sich wohl nicht vermeiden.

Als Logan die Tür zu Tramps Zimmer erreichte, fürchtete er schon, sie könnte abgeschlossen sein. Aber sie war zum Glück offen. Tramp hatte mal erwähnt, dass ihm vor allem das Misstrauen der Menschen zu schaffen machte und er sich nicht davon anstecken lassen wollte. Deshalb ließ er seine Tür grundsätzlich unverschlossen.

Logan betrat den kleinen Raum und sah sich um. Das Bett war ungemacht, auf dem Nachttisch lagen ein paar Prospekte und auf dem Tisch eine offene Kekspackung. Alles wirkte unverdächtig. Und nichts deutete darauf hin, dass Tramp in irgendwelche illegalen Dinge verwickelt sein könnte. Aber der erste Eindruck konnte natürlich auch täuschen. Deshalb durchsuchte Logan rasch Schrank und Nachttisch und sah sogar unter der Matratze nach.

Diamanten fand er nicht.

Sein Blick fiel auf die Prospekte. Es waren Broschüren für Fernreisen nach Asien. Wollte Tramp Urlaub in China machen? Davon hatte er noch gar nichts erzählt. Und waren die nicht ziemlich teuer? Woher hatte er das Geld dafür?

Logan hörte, wie jemand das Besucherzentrum betrat. Hastig legte er die Broschüren zurück und huschte aus dem Zimmer. Leise schloss er die Tür und drehte sich um ...

»Hey!«

Logan zuckte zusammen. Vor ihm stand Tramp. Und wirkte alles andere als erfreut.

»Was machst du in meinem Zimmer?«

Logans Gedanken wirbelten durcheinander. Sollte er Tramp eine Lüge auftischen? Oder die Wahrheit sagen?

»Ich ...«, begann er.

»Suchst du deine Taschenlampe?«

Logan runzelte die Stirn.

»Die du mir geliehen hast«, half Tramp ihm auf die Sprünge. »Vor ein paar Tagen. Als wir uns nachts beim Vogelgehege getroffen haben.«

Logan nickte eifrig. »Ja, genau. Ich brauche sie. Aber ich hab sie nicht gefunden.«

»Ich hol sie dir. Sekunde.«

Tramp verschwand in seinem Zimmer. Und Logan fiel ein Stein vom Herzen. Er war kurz davor gewesen, die Wahrheit zu sagen. Und er war sich alles andere als sicher, ob das eine gute Idee gewesen wäre.

Tramp kam zurück und reichte Logan die Taschenlampe. »Sorry, hatte ich total vergessen.«

Logan winkte ab. »Macht doch nichts. Du bist aber nicht sauer, dass ich, ohne zu fragen, in deinem Zimmer war?«

»Aber nein«, sagte Tramp. »Ich habe ja nichts zu verbergen.« Er grinste über das ganze Gesicht.

Als Logan die Station verließ, fühlte er sich schlecht. Er hatte das Gefühl, Tramp zu Unrecht verdächtigt zu haben. Obwohl der die Diamanten natürlich auch woanders versteckt haben könnte. Aber plötzlich wirkte der Wildhüter nicht mehr abweisend und gereizt. Und Logan kamen erhebliche Zweifel, ob er wirklich etwas mit den Diebstählen zu tun haben könnte.

Er fluchte innerlich. Diese Sache nährte das Misstrauen. Und das war nicht gut. Logan hoffte, dass er und seine Freunde bald etwas finden würden, damit dieser Spuk beendet würde. Sonst könnte womöglich noch etwas richtig in die Hose gehen.

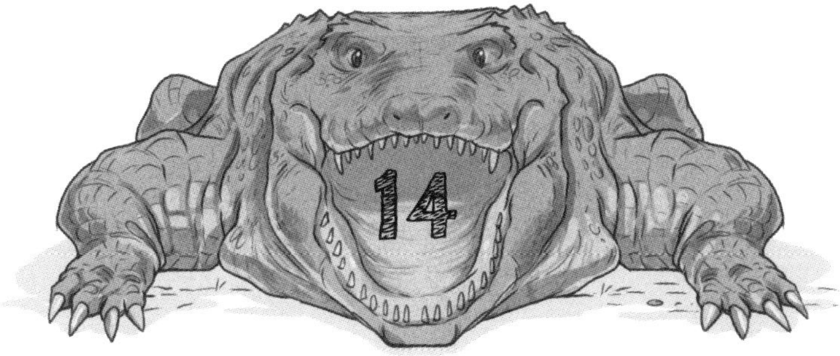

Am nächsten Tag nach der Schule fuhren die drei Freunde zu der Stelle, an der Jack und seine Mum den toten Alligator gefunden hatten. Sie teilten sich auf und durchstreiften die Insel. Aber außer schwarzen Skorpionen, neugierigen Chamäleons und riesigen Schmetterlingen fanden sie nichts.

Nach drei Stunden trafen sich Jack und Logan wieder dort, wo sie ihre Suche begonnen hatten.

»Und was machen wir jetzt?«, fragte Logan.

Jack schnaubte aus. »Weiß ich auch nicht.« Er sah sich um. »Wo ist Charlotte?«

»Charlotte!«, rief Logan.

»Jungs!«, kam die Antwort aus dem Dickicht. »Kommt her!«

Jack und Logan bahnten sich erneut einen Weg durchs Dickicht. Ein paar Minuten später hatten sie Charlotte erreicht. Ihre Freundin stand neben einem rechteckigen roten Gegenstand, der etwa einen Meter aus der Erde ragte.

»Was ist das?«, fragte Jack.

»Sieht wie eine Eisenplatte aus«, sagte Charlotte und packte sie an den Rändern. Sie zog daran. »Ist nicht rauszukriegen. Steckt wohl ziemlich tief.«

»Wie kommt so eine Platte in den Sumpf?«, fragte Logan. »Sieht ja fast so aus, als wäre sie vom Himmel gefallen.« Er hob den Kopf, als könne er dort den Grund für das Vorhandensein der Platte finden.

Jack zeigte auf ein verbogenes Eisenscharnier. »Das Ding ist irgendwo abgerissen.«

»Abgerissen und runtergefallen«, ergänzte Charlotte. »Und hat sich dann hier in den Boden gebohrt. Aber woher ...«

»Pst!«, machte Logan. »Hört ihr das?«

Sie spitzten die Ohren. Das Geräusch eines Motors wurde lauter, gepaart mit einem tiefen Wummern – wie der Herzschlag eines wütenden Tiers.

»Das ist Calvin«, murmelte Logan.

»Woher weiß er von diesem Ort?«, fragte Jack.

»Gehen wir raus zum Boot«, sagte Logan. »Vielleicht fährt er vorbei.«

»Ich fotografiere die Platte noch schnell«, sagte Charlotte und zog ihr Smartphone aus der Tasche. »Dann können wir später im Internet danach suchen.«

Sie machte ein Bild, dann gingen sie rasch zurück zu ihrem Boot.

In der Zwischenzeit war das tiefe Wummern lauter geworden. Es war Musik. Heavy Metal. Das Boot kam näher und hielt genau neben dem von Jack. Calvin drehte die Musik leiser. Er war nicht allein gekommen.

»Wer ist der andere Kerl?«, flüsterte Charlotte den beiden Jungs zu.

»Mervyn Harper«, antwortete Jack. »Ein Typ aus Homestead, mit dem Calvin früher rumgehangen hat. Wusste gar nicht, dass die immer noch Kontakt haben.«

»Hey, Leute!«, rief Calvin und sprang über Bord. Langsam watete er auf sie zu. »Was geht ab, ihr Loser?« Mervyn folgte ihm. Nur zwei Meter entfernt blieben sie stehen.

»Was soll schon abgehen?«, fragte Logan. »Weiß ja nicht, was du damit meinst.«

»Was ich mein?« Calvin drehte sich zu seinem Kumpel. »Er will wissen, was ich mein.« Sie lachten laut. Dann wandte sich Calvin wieder an Logan.

»Ich sag dir, was ich mein.« Er machte einen Schritt auf ihn zu. »Ich will wissen, was ihr hier im Sumpf macht.«

»Wir studieren die Tiere«, mischte sich Jack ein. »Für Logans Mum.«

»Ihr studiert Tiere«, wiederholte Calvin gespielt. »Na, das ist ja mal ein Ding. Und wo sind sie, diese Tiere? Ich seh hier nämlich keine.«

»Eben waren sie noch da«, sagte Logan. »Bevor ihr mit eurer Musik gekommen seid.«

Calvin kreuzte die Arme vor der Brust. »Ich glaub ja eher, dass ihr tote Viecher sucht. So wie dieses bescheuerte Gürteltier. Was wisst ihr darüber?«

»Nichts«, sagte Logan achselzuckend. »Und ihr?«

Calvin zog die Augenbrauen zusammen. »Schnüffelt ihr uns etwa nach?«

»Wir euch?«, fragte Logan. »Ihr seid es doch, die dauernd zu uns kommen. Das ist schon das zweite Mal! Man könnte fast meinen, ihr fühlt euch hier gestört. Weil ihr was zu verbergen habt.«

Calvin funkelte ihn böse an. »Ich will bloß nicht, dass

ihr meine Kunden vergrault. Also kommt uns nicht in die Quere, verstanden?« Damit drehte er sich um. »Lass uns abhauen«, sagte er zu seinem Kumpel. »Ich krieg langsam Kohldampf.«

»Wie wär's mit Pizza?«, erwiderte Mervyn. »Frutti di Mare. Und dabei sehen wir uns das Spiel an: *Giants* gegen *Troopers.«*

»Das ist doch erst morgen, du Depp«, erwiderte Calvin, während sie zurück zu ihrem Boot stapften.

»Ich bin kein Depp«, sagte Mervyn noch, dann drehte Calvin die Musik laut und sie fuhren davon.

»Blöder Mistkerl«, fluchte Charlotte. »Hätte dem gerne eine reingepfeffert.«

»Wieso sind die hierhergekommen?«, fragte sich Jack. »Sie können uns nicht gefolgt sein. Dazu waren sie viel zu weit entfernt.«

»Vielleicht haben sie was gesucht«, überlegte Charlotte. »Die Eisenplatte.«

»Oder die Diamanten«, ergänzte Jack. »Vielleicht stecken Calvin und sein Kumpel hinter den Einbrüchen in Homestead. Immerhin kennen sie sich in der Stadt bestens aus. Sie haben die Steine hier irgendwo versteckt und den einen, den Charlotte gefunden hat, haben sie unterwegs verloren.«

»Es könnte einen Käufer geben, der nur Diamanten will«, fügte Logan hinzu. »Und er hat Calvin und Mervyn beauftragt, sie zu stehlen.«

»Die Typen von *Animal Limited?«,* fragte Charlotte.

Jack schüttelte den Kopf. »Die wollen Tiere fangen und haben dafür eine Sondergenehmigung. Warum sollten die sich mit so was beschäftigen, wenn sie eigentlich gestohlene Diamanten kaufen?«

»Dann vielleicht Simon Schuster«, sagte Logan. »Wenn der wirklich mit Calvin und seinem Kumpel gemeinsame Sache macht, kommen wir möglicherweise über sie an ihn heran. Wir sollten sie beobachten.«

»Wie sollen wir sie beobachten, wenn sie mit dem Propellerboot im Sumpf rumgurken?«, fragte Charlotte. »Und falls sie die Diamanten wirklich hier irgendwo versteckt haben, muss man sie auf frischer Tat ertappen. Das geht doch gar nicht.«

»Dann müssen wir uns was anderes überlegen, um rauszufinden, was sie vorhaben«, sagte Jack.

»Wir brechen bei ihnen ein.«

Jack und Logan starrten zu Charlotte.

»Was hast du gesagt?«

»Wir brechen bei ihnen ein«, wiederholte das Mädchen ruhig. »Falls sie echt Schmuck geklaut haben, finden wir bei ihnen vielleicht Spuren: Einbruchswerkzeuge, Straßenpläne oder so was. Das wäre ein Beweis für ihre Schuld.«

»Du willst bei jemanden einbrechen?«, fragte Jack fassungslos.

»Wir müssen natürlich vorsichtig sein«, erwiderte Charlotte. »Einer steht Schmiere, zwei suchen. Verbunden sind wir via Smartphone. So können wir uns warnen.«

»Ich weiß nicht«, sagte Logan und atmete tief durch. »Abgesehen davon wohnt Calvin in Miami.«

»Und dieser Mervyn?«

»Der wohnt in Homestead«, sagte Jack. »Ich glaub, der wohnt sogar alleine.«

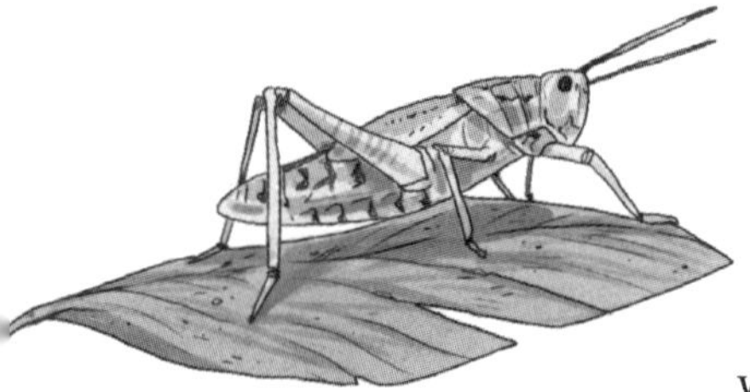

»Dann nehmen wir uns zuerst seine Wohnung vor«, schlug Charlotte vor. »Wenn wir bei ihm nichts finden, sehen wir weiter.«

»Und wenn die uns auf frischer Tat ertappen?«, fragte Jack.

»Tun sie nicht«, sagte Charlotte. »Wir haben ja die Smartphones.«

»Und wenn was schiefgeht?«

»Kann ich immer noch Krav Maga. Das reicht zumindest, um sie kurz zu verwirren.«

»Und dann?«, fragte Logan. »Selbst wenn wir abhauen: Ohne Beweise können wir ja schlecht zur Polizei gehen. Immerhin hätten wir dann selbst gerade einen Einbruch verübt.«

Die drei schwiegen eine Weile.

»Fahren wir nach Hause und schlafen eine Nacht drüber«, schlug Logan vor. »Vielleicht fällt uns ja noch was anderes ein, als Einbrecher zu werden.«

Jack und Charlotte nickten. Dann machten sich die drei Freunde auf den Rückweg.

Abends im Bett konnte Jack nicht einschlafen. Unruhig wälzte er sich hin und her. Die Ereignisse der vergangenen Tage und die damit verbundenen Fragen gingen ihm einfach nicht aus dem Kopf: die beiden Tiere mit den Prellungen, der aufgeschlitzte Alligator, die gestohlenen Diamanten. Simon Schuster. Die Firma *Animal Limited,* die mit einer Sondergenehmigung Tiere im Nationalpark fing. Calvin und sein Kumpel Mervyn, die sich auffällig oft in ihrer Nähe herumtrieben. Der Streit zwischen Basil und Tramp, der eine direkte Folge der Geldknappheit der Regierung war. Charlotte, die einen Diamanten im Sumpf gefunden hatte und die Everglades vielleicht wieder verlassen musste.

Es war, als hätte der Hurrikan vor ein paar Wochen nicht nur die Umwelt durcheinandergewirbelt, sondern auch die Menschen. Und in ihrer Angst zeigten manche von ihnen ein Verhalten, das Jack von wilden Tieren kannte, wenn sie sich in die Ecke gedrängt fühlten: Sie wurden aggressiv und bissen aus Angst um sich. Angst war eine starke Kraft, die viel zerstören konnte. Sogar Freundschaften.

Ein Summen riss ihn aus seinen Gedanken. Per Vibrationsalarm meldete das Smartphone den Eingang einer Nachricht. Jack nahm das Handy vom Nachttisch und warf einen Blick auf das Display. Die Nachricht stammte von Charlotte.

Hey! Ich habe über die Platte im Sumpf nachgedacht. Vielleicht ist die aus einem Flugzeug gefallen. Das würde erklären, warum sie so tief in der Erde steckt. Oder sie ist sogar ein Teil von einem Flugzeug. Ich durchstöber mal das Internet, vielleicht finde ich was.
Charlotte.
PS Danke, dass du mir deinen geheimen Ort gezeigt hast. Die Seekühe waren der Hammer. Es muss schön sein, eine Familie zu haben.

Jack legte das Smartphone beiseite. Seine letzten Gedanken vor dem Einschlafen galten Charlotte. Und der Hoffnung, dass ihre Pflegeeltern für sie irgendwann eine richtige Familie sein könnten.

»Wo ist Charlotte?«, fragte Logan am nächsten Tag, als er und Jack sich in der Pause auf dem Schulhof trafen.

»Keine Ahnung. Vielleicht ist sie krank.«

»Sah gestern aber nicht danach aus.«

»Hast du's über Smartphone versucht?«

»Ist abgeschaltet.«

Jack dachte kurz nach. »Weißt du eigentlich, wo sie wohnt?«

»Nein. Du?«

Jack schüttelte den Kopf. »Müsste aber rauszufinden sein. Gibt ja vermutlich nicht so viele Durbridges in Homestead. Wir können es über das Telefonverzeichnis im Internet versuchen. Und falls sie sich da nicht angemeldet haben, googlen wir den Namen im Netz. Notfalls bitten wir Sheriff Malone, im Einwohnerverzeichnis von Florida nachzusehen. Als Polizist müsste er eigentlich Zugang haben.«

»Wie wär's, wenn du einfach eure Klassenlehrerin fragst?«, unterbrach Logan Jacks detektivische Überlegungen und grinste.

Jack wirkte überrascht. »Ach so, ja. Das geht natürlich auch.«

Mit der Begründung, er wolle Charlotte einen Krankenbesuch abstatten und ihr dabei gleich die Hausaufgaben vorbeibringen, bat Jack seine Lehrerin um die Adresse. Sie lautete: Harding Lane 34.

Gleich nach Schulschluss schwangen sich die beiden Freunde auf ihre Drahtesel und radelten los. Die Harding Lane lag im Osten von Homestead und gehörte zu den reicheren Gegenden der Stadt. Die Grundstücke waren größer, die Bungalows schöner. Und im Gegensatz zu vielen anderen Gegenden waren die Schäden, die der Sturm hinterlassen hatte, hier bereits nahezu komplett beseitigt. Die Harding Lane wirkte, als wäre sie vom Unwetter verschont geblieben.

Das Haus der Durbridges war von einem gepflegten Rasen umgeben. Zwei Statuen aus weißem Marmor bewachten den Eingang zum Grundstück. Vor der breiten Garage parkten ein SUV und ein Sportwagen-Cabrio. Als Jack und Logan die weiße Tür mit dem goldfarbenen Klopfer in Form einer Löwenklaue erreichten, schlug ihr Herz ein wenig schneller.

Jack klingelte. Nichts geschah. Er versuchte es noch einmal. Diesmal waren Geräusche aus dem Inneren zu hören und Schritte, die näher kamen. Ein Schlüssel wurde mehrere Male herumgedreht, dann öffnete sich die schwere Tür und eine Frau im Morgenmantel stand vor ihnen. Ihr Gesicht wirkte ausgemergelt, unter ihren Augen zeichneten sich dunkle Ringe ab. Sie wirkte traurig, aber nicht so, als gäbe es dafür einen besonderen Grund. Ihre Traurigkeit wirkte wie ein Dauerzustand.

»Mrs Durbridge?«, fragte Jack.

»Und ihr seid?«, gab sie, ohne die Miene zu verziehen, zurück.

»Wir sind Schulfreunde von Charlotte. Logan und Jack

aus Devils Horn. Sie wissen schon, die mit *Wild Claws.*« Mrs Durbridge zeigte keinerlei Regung.

»Charlotte war heute nicht in der Schule«, übernahm Logan den Faden. »Deshalb dachten wir, sie ist vielleicht krank und wollten ihr die Schularbeiten bringen.«

»Charlotte ist nicht krank«, sagte Mrs Durbridge. »Sie ist wieder beim Jugendamt.«

Jack war fassungslos. »Warum?«

»Das geht euch nichts an«, gab Mrs Durbridge zurück.

»Das geht uns sehr wohl was an«, erwiderte Jack und bebte innerlich. »Es ist wegen des Armbands, stimmt's? Sie glauben, Charlotte hätte es gestohlen. Aber das hat sie nicht. Sie hat den Diamanten im Sumpf gefunden.«

»Sie hat euch davon erzählt?«, fragte Mrs Durbridge.

»Natürlich«, erwiderte Logan. »Wir sind ihre Freunde.«

»Warum sollte Charlotte einen Diamanten stehlen und das Armband wegwerfen?«, fragte Jack.

»Um mich zu schädigen«, antwortete Mrs Durbridge ruhig. »Ihre Familie. Weil sie sich nicht zu uns gehörig fühlt.«

»Und das wundert Sie?« Jack wurde immer wütender. »Charlotte hat mir erzählt, dass Sie von ihr enttäuscht sind, weil sie nicht so ist, wie Sie sich das vorgestellt haben. Aber das ist doch kein Grund, sie einfach wegzugeben. Charlotte ist ein Mensch, kein Haustier.«

»Es ist lobenswert, dass ihr euch für eure Freundin einsetzt«, sagte Mrs Durbridge. »Auch wenn ich manches anders sehe als ihr. Aber es steht zweifelsfrei fest, dass Charlotte das Armband gestohlen hat. Sie hat unser Vertrauen missbraucht. Das lässt sich nicht wieder kitten.« Sie seufzte tief. »Tut mir leid.« Damit schloss sie die Tür.

»Ich könnte vor Wut platzen«, schimpfte Jack, als sie das Grundstück verließen. »Wie kann man nur so gefühllos sein? Und wie kann man nur so gemein über jemanden reden? Als wäre Charlotte ein Ding, ein Spielzeug, das man sich anschafft und wieder wegwirft, wenn es einem nicht mehr gefällt. Ätzend!«

»Wir wissen nicht, was wirklich passiert ist«, gab Logan zu bedenken.

»Dann müssen wir es rausfinden«, sagte Jack. »Charlotte hat mir gestern Abend noch geschrieben, dass die Platte im Sumpf von einem Flugzeug stammen könnte. Sie wollte das recherchieren. Aber dann kamen diese Horror-Eltern dazwischen und haben sie rausgeschmissen.«

Logan blieb stehen. »Du schreibst Nachrichten mit Charlotte?«

Jack zuckte mit den Achseln. »Wo ist das Problem?«

Logans Blick verfinsterte sich. »Das Problem ist, dass sie es nur dir geschrieben hat. Obwohl sie so eine Nachricht an mehrere Personen gleichzeitig versenden kann.«

»Mensch, Logan, jetzt fangen wir auch schon an.« Jack schnaubte aus. »Wir sind doch ein Team! Wir müssen zusammenhalten. Sonst kriegen wir die Wahrheit nie raus.«

»Du hast recht«, seufzte Logan. »Also? Was machen wir jetzt?«

»Wir bitten Mr Conway, ein gutes Wort für Charlotte einzulegen. Es ist einfach nicht gerecht, wenn sie abgeschoben wird für etwas, dass sie nicht getan hat. Wir müssen ihre Unschuld beweisen!«

Logan nickte. »Also gut, dann los!«

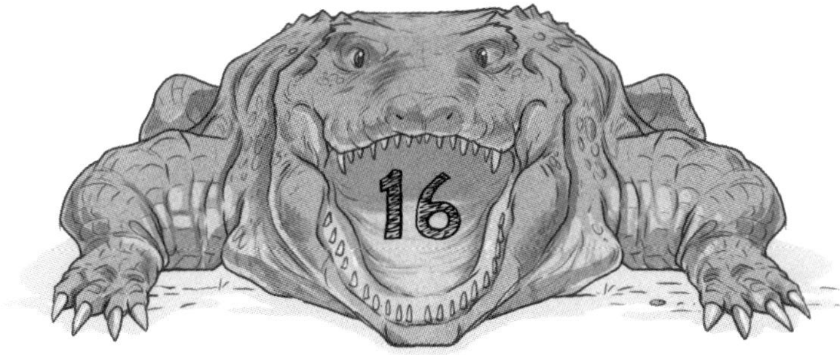

Es war gar nicht so leicht, Mr Conway ausfindig zu machen. Er hatte ja keine feste Adresse mehr, deshalb mussten Jack und Logan ihn suchen. Zuerst versuchten sie es am *Market Square*. Charlotte hatte erzählt, dass der ältere Herr dort gebettelt hatte. Als sie ihn nicht antrafen, klapperten Jack und Logan die übrigen Supermärkte und Malls in Homestead ab – ohne Erfolg. Schließlich fuhren sie sogar zu Mr Conways ehemaligem Haus. Das Grundstück wurde gerade von einer Baufirma geräumt. Einer der Arbeiter erzählte ihnen, dass Mr Conway vor ein paar Tagen das letzte Mal dort gewesen war, um sein Fahrrad zu holen. Danach wäre er nicht wieder aufgetaucht.

Jack und Logan befragten einige Obdachlose, aber auch sie wussten nicht, wo Conway stecken könnte. Er hätte ein paar Nächte bei ihnen verbracht, aber dann sei er nicht mehr gekommen, berichteten sie. Es war, als wäre er wie vom Erdboden verschluckt.

Jack und Logan legten eine Pause beim *Paradise Inn* in der Washington Avenue ein und bestellten sich zwei Frozen Yogurts.

»Vielleicht ist er weggezogen«, überlegte Jack, während er mit dem Plastiklöffel in der weißen Masse herumstocherte. »Weg aus Homestead.«

»Charlotte meinte, er hätte seinen Kindern die Uni finanziert«, sagte Logan. »Vielleicht ist er bei denen untergekommen.«

»Weißt du, wo sie leben?«

»Nein.«

»Dann wird es schwierig.«

Schweigend kratzten sie im Eisbecher herum.

»Und was machen wir jetzt?«, fragte Jack nach einer Weile.

Logan zog sein Handy hervor. »Ich versuch noch mal, Charlotte zu erreichen. Vielleicht hat sie ihr Smartphone mittlerweile wieder eingeschaltet und weiß, wo Mr Conway steckt.« Er wischte über das Display. Sein Gesicht nahm einen nachdenklichen Zug an. »Komisch.«

»Was ist komisch?«, fragte Jack.

»Ich habe hier eine Verbindung zu einer Nummer, die ich nicht kenne.«

»Was für eine Verbindung?«

»In der Tracking-App.«

Jack riss die Augen auf. »Du hast doch gesagt, da kann niemand außer uns mitmachen. Und jetzt hat sich jemand Fremdes reingehackt?«

»Ich kapier das nicht«, sagte Logan. »Das ist eigentlich völlig ausgeschlossen, es sei denn ...«

»Es sei denn was?«, fragte Jack.

Logan hob den Kopf. »Es sei denn, es ist Charlotte.«

»Das versteh ich nicht«, sagte Jack. »Du hast doch eben gesagt, dass es eine fremde Nummer ist.«

»Ist es ja auch. Und die kann nur jemand eingegeben haben, der den Zugangscode zu unserem Account hat. Den kennen aber nur wir drei. Und wenn weder du noch ich die Nummer eingegeben haben, kann es nur Charlotte gewesen sein.«

»Wieso sollte sie das tun?«, fragte Jack.

»Vielleicht funktioniert ihre alte Nummer nicht mehr«, überlegte Logan. »Deshalb erreichen wir Charlotte auch nicht mehr: Sie hat ihr Smartphone verloren und sich ein neues inklusive neuer Nummer besorgt. Und damit hat sie sich dann bei der Tracking-App angemeldet.«

»Und wieso schickt sie uns dann ihre Nummer nicht?«, fragte Jack.

»Das können wir sie gleich selber fragen«, antwortete Logan und sah auf die App. »Sie ist ... nur drei Straßen entfernt! Los, komm!«

Sie sprangen auf und rannten zu ihren Rädern.

»Hey, ihr müsst noch bezahlen!«, rief ihnen der Eisverkäufer nach.

»Später!«, rief Logan und nahm mit Jack die Verfolgung auf.

Aber das war leichter gesagt als getan, denn das Signal bewegte sich irrsinnig schnell. Ohne jeden Zweifel war Charlotte mit dem Fahrrad unterwegs. Und Jack und Logan hatten echte Schwierigkeiten, ihrem Signal zu folgen. Sie rasten die Washington herunter, bogen in die Second Street ab und passierten die Krome Avenue.

»Wieso ist sie so schnell?«, stöhnte Jack.

»Keine Ahnung«, hechelte Logan. »Vielleicht fährt sie ja mit einem Moped oder so.«

»Charlotte hat kein Moped.«

»Das weiß ich auch.«

Sie folgten dem Signal in die First Avenue und passierten das Homestead Police Department. Und plötzlich – war das Signal weg.

»Das gibt's doch nicht!«, rief Logan aus. »Das kann nicht sein!«

Sie gaben alles und fuhren mit so viel Tempo in die Kurve, dass die Reifen auf dem Asphalt fast wegrutschten. Plötzlich stand ein Mann direkt vor ihnen. Jack stieg in die Bremse, sein Rad schlitterte zur Seite und hinterließ eine breite Gummispur auf dem Asphalt. Mit Müh und Not gelang es ihm, das Bike abzufangen und stehen zu bleiben.

Logan versuchte, mit einem waghalsigen Schlenker dem Mann auszuweichen, verlor die Kontrolle und flog in hohem Bogen auf die Straße.

Jack sprang vom Rad und rannte zu seinem Freund. Auch der Mann eilte herbei.

»Alles in Ordnung, Junge?«, fragte er besorgt. »Ist dir was passiert?«

»Ich weiß nicht, ich glaube ...«

Ein Streifenwagen hielt neben ihnen. Ein Officer stieg aus. »Ist was passiert? Soll ich einen Krankenwagen rufen?«

Logan schüttelte den Kopf. »Ich glaub, ich bin okay.« Er blickte an sich herab. »Hab nur ein paar Schrammen. Nichts passiert.«

»Na dann … kann ich euch ja mitnehmen«, sagte der Polizist.

Jack riss erstaunt die Augen auf. »Was? Wieso?«

»Ihr habt euer Eis nicht bezahlt«, sagte der Officer. »Und seid stattdessen abgehauen.«

»Aber doch nur, weil wir hinter Charlotte hermussten«, erklärte Logan. »Wir sind doch keine Zechpreller!«

»Ich kann das bestätigen«, sagte der Mann. »Die Jungs sind keine Diebe.«

»Kennen Sie die beiden etwa, Sir?«

»Es sind Freunde einer Freundin«, erwiderte der Mann.

Erst jetzt sahen Jack und Logan zu ihm und erkannten, um wen es sich handelte. Es war Mr Conway!

Jack und Logan gaben dem Polizisten das Geld für die Frozen Yogurts und der Officer versprach, es dem Eisverkäufer zu bringen. Nachdem er weggefahren war, setzten sich Jack und Logan mit Mr Conway auf eine Parkpank. Mr Conway schlug vor, die beiden auf eine Limo einzuladen.

»Danke, dass Sie uns geholfen haben«, sagte Jack. »Aber ich dachte, Sie haben kein Geld mehr.«

»Hab ich auch nicht«, erwiderte Mr Conway. »Jedenfalls nicht viel. Aber das ändert sich gerade.«

Logan sah ihn erstaunt an. »Haben Sie geerbt?«

Mr Conway lachte. »Nein, ich habe einen Job. Ich arbeite als Fahrradkurier. Glücklicherweise ist mein Rad beim Sturm heil geblieben.« Er zeigte zu seinem Drahtesel, den er am Straßenrand abgestellt hatte. Im Bereich des Tretlagers war ein grauer Kasten befestigt.

»Ein Elektrobike«, stellte Logan fest.

»Damit bin ich schneller als mit jedem normalen Rad«, sagte Mr Conway.

Jack kam ein Gedanke. »Sind Sie aus der Washington gekommen? Und dann die Krome Avenue langgefahren?«

Mr Conway blickte ihn erstaunt an. »Woher weißt du das?«

»Darf ich mal Ihr Smartphone sehen?«, fragte Logan, der begriff, worauf sein Freund anspielte.

Der alte Mann gab es ihm. Logan nickte.

»Es ist unsere App. Und seine Nummer. Wir haben gar nicht Charlotte verfolgt, sondern Mr Conway.«

Der alte Mann berichtete, dass Charlotte ihm die App installiert und seine Nummer hinzugefügt hatte. *Zur Sicherheit,* wie sie sagte. Mr Conway hatte das aber gleich wieder vergessen und sich nicht darum gekümmert. Und er wusste auch nicht, was mit Charlotte geschehen war.

»Sie ist weg«, sagte Jack. »Ihre Pflegeeltern haben sie zum Jugendamt gebracht, weil sie glauben, dass Charlotte das Armband mit den Diamanten gestohlen hat.«

»Oh nein!«, entfuhr es Mr Conway.

»Wir waren vorhin bei Mrs Durbridge und haben ihr gesagt, dass Charlotte den Diamanten gefunden hat und Ihnen geben wollte«, berichtete Logan weiter. »Aber das hat sie nicht interessiert. Mrs Durbridge ist von Charlottes Schuld absolut überzeugt.«

»Und das ist total ungerecht«, fügte Jack hinzu. »Deshalb müssen Sie Mrs Durbridge sagen, dass Charlotte unschuldig ist.«

»Das habe ich bereits getan«, sagte Mr Conway. »Schon vorgestern.« Er seufzte tief. »Ich fürchte, dadurch hat Mrs Durbridge überhaupt erst vom Diamanten erfahren.«

Jack runzelte die Stirn. »Wieso?«

»Als Charlotte mir den Diamanten gab, war ich total sprachlos und wusste überhaupt nicht, was ich sagen sollte. Dann gab ich ihr den Stein zurück. Ich konnte ihn nicht annehmen. Ich durfte es gar nicht! Einen Diamanten? Geschenkt von einem Kind? Das geht nicht! Charlotte war enttäuscht. Aber sie sagte nichts. Sie steckte den Stein wieder ein und ging. Erst da fragte ich mich, wo sie ihn herhaben könnte. Und mein erster Gedanke war, dass sie ihn gestohlen hatte. Also beschloss ich, ihren Eltern Bescheid zu sagen. Ich dachte, das wäre das einzig Richtige. Aber es war wohl falsch.« Er seufzte. »Ich bin also schuld daran, dass Charlotte ihr Zuhause verliert. Nachdem ich mein eigenes verloren habe.«

»Das stimmt nicht«, widersprach Jack. »Es ist einfach blöd gelaufen. Und Charlotte ist die Leidtragende. Sie muss es ausbaden. Aber das lasse ich nicht zu.« Er stand auf und ging zu seinem Rad.

»Was hast du vor?«, rief ihm Mr Conway nach.

»Ich fahre zum Jugendamt und erzähle ihnen alles«, erwiderte Jack. »Dann werden wir ja sehen, was dabei herauskommt.«

Logan folgte seinem Freund.

»Ich muss euch noch etwas sagen«, hielt Mr Conway sie zurück. »Charlotte erzählte mir, dass einer von euch ein komisches Geräusch gehört hat und ihr euch fragt, was das gewesen sein könnte.«

»Das war ich«, berichtete Logan. »Vor ein paar Tagen nachts auf *Wild Claws* war ein tiefes Fauchen.«

»Das habe ich auch gehört«, sagte Mr Conway.

Jack und Logan rissen die Augen auf.

»Ich weiß natürlich nicht, ob es wirklich dasselbe Geräusch war. Aber so, wie du es beschreibst, könnte es das gewesen sein.« Er atmete durch. »Es war nachts und ich hatte mich in einem Hinterhof zum Schlafen gelegt. Da hörte ich auf einmal ein schlurfendes Geräusch. So, als würde jemand einen schweren Sack hinter sich herziehen.«

»Das habe ich auch gehört«, sagte Logan aufgeregt.

»Gleich darauf hörte ich das Fauchen«, fuhr Mr Conway fort. »Klang richtig unheimlich. Fast hätte ich mich in meinen Schlafsack verkrochen, aber dann siegte die Neugier, und ich stand auf.« Er machte eine kurze Pause und in seinen Augen spiegelte sich Sorge.

»Ich schaute auf die verlassene Straße. Die Straßenlaternen waren eingeschaltet, aber zu sehen war nichts. Jedenfalls nicht sofort. Dafür hörte ich erneut das Fauchen und dann …« Seine Stimme wurde noch leiser. »Dann sah ich an einer Hauswand auf der anderen Straßenseite einen Schatten. Lang und flach. Er bewegte sich in schlängelnden Linien vorwärts. Ich ging ein paar Schritte aus der Sackgasse heraus, um besser sehen zu können. Dabei trat ich aus Versehen gegen eine Dose, die auf der Straße lag. Das Geräusch war unglaublich laut. Und der Schatten verharrte. Mir blieb fast das Herz stehen.« Mr Conway schluckte.

»Ich weiß nicht, wie lange ich regungslos dagestanden bin. Es erschien mir wie eine Ewigkeit. Dann schlurfte der Schatten weiter und verschwand hinter einer Häuserecke.«

»Was passierte dann?«, fragte Jack aufgeregt.

»Nichts«, erwiderte Mr Conway. »Ich verkroch mich in meinen Schlafsack. Und das Geräusch hörte ich nicht wieder.«

»War es ein Tier?«, fragte Logan.

»Gut möglich«, sagte Mr Conway. »Obwohl ich kein Tier kenne, das so aussieht und solche Geräusche von sich gibt. Aber als ich wieder in meinem Schlafsack lag, hatte ich plötzlich ein Bild vor Augen. Das Bild eines Wesens, das es gar nicht geben dürfte.« Er schluckte. »Ich sah einen Drachen vor mir, der flach auf den Boden gedrückt durch die Straßen schleicht. Sein Panzer schabt auf dem Asphalt und erzeugt dabei das schleifende Geräusch. Und das war ... noch viel unheimlicher als das, was ich wirklich gesehen hatte.«

Nachdem sie sich von Mr Conway verabschiedet hatten, blieben Jack und Logan noch einen Moment bei ihren Rädern stehen.

»Glaubst du, an der Sache ist was dran?«, fragte Jack.

»Es gibt keine Drachen«, antwortete Logan. »Aber die Beschreibung der Geräusche klang genauso wie das, was ich gehört habe.«

Jack rieb sich das Kinn. »Simon Schuster hatte mich ja nicht nur nach einem komischen Geräusch, sondern auch nach merkwürdigen Tieren gefragt. Beides passt zu dem, was Mr Conway erzählt hat.«

»Also sucht Schuster nach einem Tier, das faucht und ein schleifendes Geräusch verursacht«, sagte Logan. »Es sieht aus wie ein Drache und ist von Homestead durch den Sumpf bis nach Devils Horn gelangt.« Er schüttelte den Kopf. »Was soll das für ein Tier sein?«

»Ich weiß es nicht«, sagte Jack. »Was machen wir jetzt damit? Melden wir es deiner Mum?«

»Eins nach dem anderen«, sagte Logan. »Jetzt ist erst mal Charlotte dran. Fahren wir zum Jugendamt.«

Jack und Logan erreichten das Jugendamt, als gerade einige Mitarbeiter das Gebäude verließen, um Mittagspause zu machen. Kurzerhand sprachen sie eine junge Frau an, die mit ihrer Aktentasche die Treppe herunterkam, und fragten sie nach Charlotte. Die Dame war zwar nicht mit dem Fall betraut, wusste aber dennoch darüber Bescheid.

»Sie ist weg«, berichtete sie mit Bedauern. »Abgehauen. Mr und Mrs Durbridge hatten Charlotte heute Morgen zu einem Kollegen von mir gebracht und waren dann gegangen. Der Kollege erzählte mir, dass er sein Büro nur kurz verlassen hatte, um Charlotte ein Glas Wasser zu holen. Darum hatte sie ihn gebeten. Als er zurückkam, stand das Fenster in seinem Büro offen. Und Charlotte war weg.«

Jack und Logan konnten kaum glauben, was sie da hörten.

»Und jetzt?«, fragte Jack. »Suchen Sie nach ihr?«

»Die Polizei sucht nach ihr«, erwiderte die junge Frau. »Wir verwalten die Jugendlichen lediglich.«

»Sie *verwalten* die Jugendlichen?« Jack wurde böse. »So, wie man Akten verwaltet? Und da wundern Sie sich, dass Charlotte abhaut?«

Die junge Frau lächelte milde. »Ich weiß, das klingt hart und herzlos. Aber das sind wir gar nicht. Wir bemühen uns sehr, dass die Jugendlichen in gute Familien kommen und sich dort wohlfühlen.«

»Was bei Charlotte gründlich schiefgegangen ist«, zischte Jack.

»Ich verstehe, dass ihr wütend und traurig seid, weil eure Freundin weg ist«, sagte die Frau. »Aber ihr müsst euch keine Sorgen machen. Die meisten Jugendlichen kommen nach kurzer Zeit zurück. Sie brauchen einfach mal ein bisschen Zeit für sich, um einen klaren Kopf zu kriegen. Charlotte taucht schon wieder auf. Ganz bestimmt.«

Damit verabschiedete sie sich und ging weiter. Ratlos ließen sich Jack und Logan auf den Stufen nieder. Ein Pizzabote fuhr vorüber.

»Und jetzt?«, fragte Logan und sah ihm sehnsüchtig nach. »Warten wir, bis Charlotte wieder auftaucht?«

»Und dann?«, fragte Jack. »Die Durbridges wollen sie nicht mehr. Also wird sie sonst wohin geschickt. In Homestead bleibt sie mit Sicherheit nicht.« Er schnaubte aus. »Wir müssen sie finden. Irgendwie! Und dann gemeinsam überlegen, was wir tun können, damit sie hierbleiben kann.«

»Charlotte ist schlau«, gab Logan zu bedenken. »Wenn sie nicht gefunden werden will, wird sie es auch nicht.« Er kräuselte die Stirn. »Außerdem frage ich mich, warum sie überhaupt abgehauen ist.«

Jack riss erstaunt die Augen auf. »Soll das ein Witz sein? Was würdest du denn tun, wenn dich niemand haben will?«

»Ich weiß nicht«, erwiderte Logan. »Aber es ist ja nicht das erste Mal, dass Charlotte Ärger mit einer Pflegefamilie hat. Sie kennt das schon. Und sie weiß auch, dass die Polizei sie sucht. Es ist also nur eine Frage der Zeit, bis sie gefunden wird. Indem sie abhaut, macht sie die Sache nicht besser. Sie muss also einen wichtigen Grund haben, warum sie es dennoch tut.«

Jack runzelte die Stirn. »Um ihre Unschuld zu beweisen?«

»Das wird die Durbridges nicht umstimmen.«

»Aber für das Jugendamt ist es wichtig. Damit die wissen, dass Charlotte keine Diebin ist. Dabei müssen wir ihr helfen.«

»Und wie?«, fragte Logan. »Wir haben keine Ahnung, wie der Diamant in den Sumpf gekommen ist.«

Jack riss den Mund auf und starrte an seinem Freund vorbei.

»Was ist los?«, fragte Logan und drehte den Kopf in die Richtung, in die Jack blickte.

»Das ist er!« Jack zeigte zu einem Mann, der auf der gegenüberliegenden Straßenseite vorüberging. »Simon Schuster!«

»Was?«

Sie sprangen auf.

»Er geht Richtung Turnpike.«

»Dann nichts wie hinterher.«

Sie schnappten sich ihre Räder und nahmen die Verfolgung auf. Schuster ging schnell. Fast schon hektisch. So als müsse er zu einer Verabredung und wäre spät dran.

»Wo will er hin?«, fragte Jack.

»Vielleicht hat er ein Date wegen der Diamanten«, überlegte Logan.

»Meinst du, er hat was damit zu tun?«

Logan zuckte mit den Schultern. »So komisch, wie der sich benimmt, traue ich ihm das zu.«

»Aber wieso lockt er Tiere an und schneidet ihnen die Bäuche auf? Das passt doch gar nicht zur Diamantengeschichte.«

»Ich weiß es nicht. Aber vielleicht kriegen wir genau das jetzt raus.«

Schuster hastete den Davis Parkway entlang, bog kurz vor dem Turnpike nach links ab und verschwand in einer Mall.

»Ich verfolge ihn«, sagte Logan. »Du legst dich auf die Lauer und machst ein Foto von ihm, wenn er wieder rauskommt.« Damit rannte er los.

Jack huschte über den Parkplatz und verschanzte sich hinter einem fetten SUV, der nur wenige Meter vom Eingang der Mall entfernt stand. Von hier aus hatte er einen super Blick und konnte heimlich Fotos schießen. Er hockte sich hin und wartete.

Es vergingen fünf Minuten, zehn Minuten – nichts geschah.

Nach zwanzig Minuten wurde Jack nervös.

Als eine halbe Stunde um war, wollte er sein Versteck verlassen und ebenfalls in die Mall gehen – als ihn eine Stimme zusammenzucken ließ. »Was machst du da?«

Jack fuhr herum. Hinter ihm stand ein stämmiger Kerl in Shorts und mit bis zum Bauchnabel geöffnetem Hemd. Sein Gesicht wirkte alles andere als freundlich.

»Wie bitte?«

»Was du da machst«, wiederholte der Kerl. »An meinem Wagen.«

»Ich warte hier«, sagte Jack. »Auf einen Freund.«

»Und deshalb hockst du auf allen vieren hinter meinem Wagen? Willst du mich auf den Arm nehmen?«

Jack stand auf. »Nein, ich ...«

»Hast du etwa den Lack zerkratzt?«, unterbrach ihn der Mann und untersuchte die Stoßstange.

»Ich habe nichts angefasst«, verteidigte sich Jack. »Ehrlich. Es ist alles okay.«

»Wehe, ich finde was«, drohte ihm der Mann. »Dann kriegst du Ärger!«

»Ist alles in Ordnung.« Jack hob beschwichtigend die Hände.

Der Mann warf ihm einen wütenden Blick zu. Dann stieg er in den Wagen und fuhr davon. Jack atmete auf.

Im selben Augenblick legte sich eine Hand auf seine Schulter.

»Logan!«, rief Jack erleichtert aus, als er sah, wer hinter ihm stand.

»Hast du ihn?«, fragte sein Kumpel.

»Wen?«, fragte Jack zurück.

»Schuster! Er ist eben rausgegangen. Mit zwei großen Tüten in den Händen. Hast du ihn fotografiert?«

»Nein, ich war ... da war plötzlich dieser Typ und ...«

»Egal, wir müssen hinter ihm her. Er ist Richtung Parkway gegangen. Los!«

Sie schnappten sich ihre Räder und fuhren los. Aber Schuster war nicht auf dem Parkway. Jack und Logan suchten die Straßen in der Nähe ab. Ohne Erfolg. Sie hatten Simon Schuster verloren.

»Mist!«, fluchte Logan.

»Tut mir echt leid«, sagte Jack, aber sein Kumpel winkte ab. »Kannst ja nichts dafür.«

»Was hat Schuster in der Mall gemacht?«, fragte Jack. »Du sagtest, er hatte zwei Tüten?«

Logan nickte. »Er hat eingekauft. Hähnchen. Zehn Stück.«

Jack riss erstaunt die Augen auf. »Ach du grüne Neune.«

Logan seufzte. »Charlotte ist weg. Jemand stiehlt Diamanten. Und dieser Schuster kauft Hähnchen und verteilt sie im Sumpf. Da braut sich was zusammen, Jack. Da müssen wir was tun!«

»Aber was? Wir haben keinen konkreten Anhaltspunkt, den wir verfolgen können.«

»Doch, den haben wir«, widersprach Logan. »Calvin und sein Kumpel. Die düsen auch im Sumpf rum und suchen was. Jedenfalls sieht es so aus. Wir wissen zwar nicht, ob sie was mit diesem Schuster zu tun haben. Aber immerhin wissen wir, dass Mervyn in Homestead wohnt. Wenn er etwas mit dem Diamantenraub oder dem aufgeschlitzten Alligator zu tun hat, finden wir vielleicht eine Spur in seinem Haus.«

»Du willst bei ihm einbrechen?«, fragte Jack.

»Ich würde eher sagen, wir statten ihm einen Besuch ab«, sagte Logan und grinste.

Über das Internet bekamen sie heraus, dass Mervyn Harper im Avocado Drive im Westen von Homestead wohnte. Mit ihren Rädern fuhren sie langsam an dem kleinen, schäbigen Haus vorbei und versuchten, dabei so viel wie möglich auszukundschaften. Am Ende des Drives beratschlagten sie sich.

»Wir haben zwei Probleme«, sagte Jack. »Erstens: Wie kriegen wir raus, ob jemand zu Hause ist? Und zweitens: Wie kommen wir unbemerkt rein, falls niemand da ist?«

Logan grinste. »Ich glaube, ich habe eine Lösung für beide Probleme. Vorausgesetzt, wir haben genug Geld dabei.« Er zog ein paar Münzen aus seiner Tasche. »Vier Dollar. Wie viel hast du?«

Jack zauberte einen Fünfdollarschein aus der Smartphonehülle und reichte ihn seinem Freund. »Was hast du vor?«

»Essen bestellen.«

Zwanzig Minuten später brachte ihnen ein Bote die bestellte Pizza – Frutti di Mare. Logan bat den jungen Mann, sie an Mervyns Adresse zu liefern, während er und Jack am Ende des Drives warteten. Kurz darauf kehrte der Bote zurück.

»Niemand da.«

Logan bedankte sich und nahm den Karton entgegen. Der Pizzabote brauste davon.

»Jetzt wissen wir, dass Mervyn wahrscheinlich nicht zu Hause ist«, stellte Jack fest. »Aber wie kommen wir ins Haus?«

»Durch die Haustür«, erwiderte Logan, als wäre es die natürlichste Sache der Welt.

Kurz darauf stellten sie ihre Räder vor dem Haus ab.

Logan marschierte schnurstracks zur Tür des Nachbarhauses und klingelte. Eine Frau mittleren Alters öffnete. »Ja bitte?«

»Guten Tag, Ma'am«, grüßte Logan sie lässig. »Ich komme wegen des Schlüssels.«

Die Dame runzelte die Stirn. »Welcher Schlüssel?«

»Dem von Merv«, sagte Logan und wies zum Nachbarhaus. »Mervyn Harper.«

Die Dame schüttelte verständnislos den Kopf. »Tut mir leid, Junge, ich weiß nicht, wovon du sprichst.«

Logan zog überrascht die Augenbrauen hoch. »Das versteh ich nicht. Merv hat mir doch extra gesagt, ich soll ihn beim Nachbarhaus abholen, falls er noch nicht da ist. Wir wollen zusammen das Spiel sehen. *Giants* gegen *Troopers*. Mit Pizza und so.« Demonstrativ hielt er der Dame den Pizzakarton unter die Nase. »Ich bin Mervs Cousin Dickie. Und das ist Flo.« Er nickte Richtung Jack, der vor Schreck den Atem anhielt.

»Aber ich habe keinen Schlüssel«, erwiderte die Dame

und hielt inne. »Möglicherweise hat ja Mrs Pepper einen. Die wohnt im Haus links von Mr Harper.«

»Ach ja, Pepper!«, rief Logan und schlug sich mit der flachen Hand gegen die Stirn. »Hatte Merv ja auch gesagt. Sorry, Ma'am, dass wir Sie gestört haben.«.

»Ma'am«, sagte Jack und tippte sich mit dem Finger an die Stirn. Die Dame nickte knapp und verschwand in ihrem Haus.

»Dickie und *Flo?«,* flüsterte Jack, als er seinem Freund zum Haus auf der linken Seite folgte.

Logan zuckte die Achseln. »Klingt doch total unauffällig, oder etwa nicht?«

Jack seufzte. »Wie kommst du eigentlich auf die Idee, dass die Nachbarn einen Schlüssel haben?«

»Weil fast alle das so machen. Falls man seinen eigenen mal vergisst.«

»Aber jetzt haben uns die Nachbarn gesehen«, sagte Jack. »Die wissen, wie wir aussehen. Und können es Mervyn erzählen.«

Logan blieb stehen. »Hast du eine bessere Idee?«

Jack schüttelte den Kopf.

»Na also.« Logan ging weiter. »Außerdem kann der Typ uns gar nichts, solange er uns nicht auf frischer Tat ertappt.«

Sie erreichten das Haus links von Mervyns Bungalow. Jack klingelte. Eine junge Frau öffnete die Tür.

»Mrs Pepper?« Logan nickte knapp. »Ich bin Dickie, Mervs Cousin. Er meinte, wir können bei Ihnen den Schlüssel abholen, falls er noch nicht da ist. Wegen des Spiels!«

Die Frau wirkte überrascht. »Davon hat er mir ja gar nichts gesagt.«

Logan seufzte. »Typisch Merv. Würde glatt seinen eigenen Hintern vergessen, wenn er nicht angewachsen wär.« Er lachte auf. Aber die Frau reagierte nicht. Misstrauisch beäugte sie die beiden Jungen.

»Am besten rufen Sie ihn kurz an und fragen ihn, ob das klargeht«, schlug Logan vor. »Im Augenblick sind ja 'ne Menge Diebe unterwegs, da kann man nicht vorsichtig genug sein. Haben Sie die Nummer? Oder soll ich sie Ihnen rasch geben?« Er grinste breit. Die Frau schüttelte den Kopf.

»Nein, ist schon okay.« Sie drehte sich zu einem kleinen Bord, das an der Wand neben der Tür befestigt war.

»Hier ist er«, sagte sie und händigte Logan einen Schlüssel aus.

»Danke, Ma'am«, erwiderte er und nickte Mrs Pepper zum Abschied zu.

Eine Minute später steckte Logan den Schlüssel ins Schloss von Mervyns Haustür.

»Die glotzt uns immer noch nach«, flüsterte ihm Jack zu, der aus den Augenwinkeln zum Nachbarhaus linste.

Logan räusperte sich und sagte, so laut er konnte: »Nach dem Spiel machen wir erst mal Klarschiff. Rasenmähen und das ganze Programm. Freu mich schon drauf, Mervs neuen Power-Mäher auszuchecken.« Damit stieß er die Haustür auf.

»Ob sie uns glaubt?«, fragte Jack unsicher.

»Wir sind drin, darum ging's«, gab Logan zurück. Die beiden betraten das Haus. Der Flur vor ihnen führte ins Wohnzimmer. Links davon lag das Schlafzimmer, ihm gegenüber das Bad. Direkt rechts neben der Haustür war die Küche.

»Ich schlage vor, wir trennen uns, dann geht's schneller. Ich such hier vorne, du nimmst dir den hinteren Teil des Hauses vor.«

»Einverstanden«, sagte Jack und machte sich auf den Weg.

Logan betrat die Küche.

»Mann, ist das eklig«, murmelte er angesichts des Chaos. Leere Fast-Food-Verpackungen lagen auf dem Tisch, der Mülleimer quoll über und in der Spüle stapelte sich schmutziges Geschirr. Der Boden war so klebrig, dass Logans Schuhe ein schmatzendes Geräusch von sich gaben, als er sie anhob. Und das Fenster war bestimmt seit Jahren nicht mehr geputzt worden.

Logan schob mehrere Lagen benutztes Plastikgeschirr zur Seite und legte den Pizzakarton auf den Tisch. Er nahm sich ein Stück Frutti di Mare und sah sich weiter um. Neben einer angebrochenen Packung Cornflakes stand ein halb leeres Marmeladenglas, in dem fingerdick der Schimmel wuchs. Aber einen Hinweis darauf, dass Mervyn und Calvin in die Einbrüche verwickelt sein könnten, entdeckte er nicht.

»Hast du schon was?«, rief er laut.

»Nein«, kam die prompte Antwort. »Aber ich glaube, im Wohnzimmersessel wohnen Mäuse. Hier liegen überall Köttel auf dem Teppich.«

Was für ein Saustall, dachte Logan. Er schob sich den Rest Pizza in den Mund und wischte die Finger an seiner Hose ab. Dann trat er auf den Flur. Gleich neben der Küche führte eine schmale Tür in eine kleine Kammer, in der sich aller möglicher Krimskrams stapelte. Hier bewahrte Mervyn auch mehrere Angelruten auf. Als er eine von ihnen zur Seite schob, fiel ihm etwas auf.

»Äh, Jack, wie sah noch mal der Türklopfer bei den Durbridges aus?«, rief er.

»Das war eine Löwenklaue!«, kam Jacks Antwort aus dem Wohnzimmer.

»Könnte das so 'ne Art Familienwappen sein?«, fragte Logan mit Blick auf die Angel. Dieselbe Klaue war in den Holzgriff der Rute eingearbeitet.

In diesem Moment wurde ein Schlüssel ins Schloss der Haustür gesteckt.

Reflexartig schob Logan die Angel zurück ins Kabuff. Aber wegen des ganzen Zeugs blieb sie nicht stehen, sondern kippte ihm wieder entgegen. Hektisch versuchte es Logan noch einmal – ohne Erfolg. In der Zwischenzeit war der Schlüssel in der Haustür herumgedreht worden. Der Türgriff wurde heruntergedrückt. Logan hatte keine Wahl: Er packte die Angel und zwängte sich ins Kabuff. Dann zog er von innen die Tür zu sich heran. Es wurde stockdunkel.

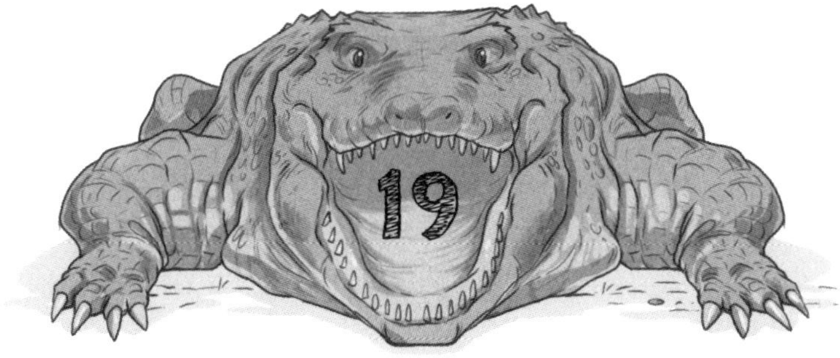

Logan hörte, wie sich die Haustür öffnete und Schritte in den Flur kamen.

»Die haben doch einen Knall«, sagte eine laute Stimme. Mervyn! »Wir besorgen denen fette Brocken und die regen sich künstlich auf. Die haben sie ja nicht mehr alle!«

Die Haustür wurde ins Schloss geschoben. Die Schritte hielten genau vor dem Kabuff.

»Sie sind die Bosse, sie sagen wo's langgeht«, sagte eine andere Stimme. Calvin! »Also reiß das Maul nicht so auf, klar?«

»Ist ja gut«, knurrte Mervyn. Die Schritte gingen weiter. »Ist halt ätzend, dass wir leer ausgehen, nur weil die zu blöd sind, ein Flugzeug zu fliegen. Ist doch nicht unsere Schuld, dass die Kiste abschmiert. Deshalb sollten wir trotzdem die Kohle für die Klunker kriegen, finde ich. Zumindest 'nen Teil.«

»Das Einzige, was die uns geben, ist eine Kugel zwischen die Augen«, erwiderte Calvin kühl.

Behutsam drückte Logan den Türgriff herunter und schob die Tür einen Spalt breit auf. Am Ende des Flurs war das Wohnzimmer zu sehen. Mervyn und Calvin waren darin verschwunden. Das war seine Chance! Wenn er schnell und leise war, konnte er abhauen. Der Weg zur Haustür war frei.

Aber was war mit Jack? Und vor allem: Wo steckte er? Noch im Wohnzimmer? Kaum vorstellbar, sonst hätten Mervyn und Calvin ihn längst entdeckt. Vermutlich war er ins Schlafzimmer gehuscht, als die Haustür geöffnet wurde. Logan konnte seinen Freund unmöglich zurücklassen. Er musste Jack holen!

»Mir gehen vor allem diese Kids auf den Senkel«, hörte er Calvin sagen. »Ich werde das Gefühl nicht los, dass die mehr wissen, als sie uns sagen.«

»Vielleicht sollten wir denen 'ne Abreibung verpassen«, schlug Mervyn vor.

Logan schlüpfte aus der Kammer und schlich über den Flur zum Schlafzimmer. Als er es fast erreicht hatte, konnte er in der spiegelnden Fläche des Wohnzimmerschranks Calvin sehen, der auf einem Sessel saß und die Füße auf den Tisch gelegt hatte. In seiner Hand spielte er mit einem Messer.

»Eine Abreibung reicht vielleicht nicht«, sagte er und in seiner Stimme schwang ein gefährlicher Unterton mit. »Vielleicht müssen wir das Problem endgültig lösen.«

Er holte aus und warf das Messer quer durch den Raum. Direkt neben dem Schrank schlug es in die Wand und hinterließ ein tiefes Loch.

»Tickst du nicht mehr richtig?«, schimpfte Mervyn. »Du machst ja die ganze Wand kaputt!«

Logan schlüpfte ins Schlafzimmer. Jack hockte hinter dem Bett. Logan gab seinem Freund ein Zeichen, ihm zu folgen. Gemeinsam schlichen sie auf den Flur – als es plötzlich an der Haustür klingelte.

Blitzartig machten die beiden Jungen kehrt und versteckten sich hinter dem Bett. Mervyn schlurfte über den Flur und öffnete die Haustür.

»Hi, Carol, was gibt's?«

»Ich wollt bloß wissen, ob ich den Schlüssel wieder nehmen soll«, sagte eine Frauenstimme. Mrs Pepper!

»Welchen Schlüssel?«, fragte Mervyn.

»Den ich deinem Cousin und seinem Freund gegeben hab«, erwiderte Mrs Pepper. »Da auf dem Küchentisch liegt die Pizza, die sie mitgebracht haben. Weil ihr gemeinsam das Spiel sehen wollt.«

»Ich hab überhaupt keinen Cousin«, sagte Mervyn. »Was redest du denn da?«

»Wir müssen raus«, flüsterte Logan Jack zu. »Sofort!«

Sie schlichen zum Schlafzimmerfenster und schoben es auf. Gleichzeitig hörten sie, wie Calvin das Wohnzimmer verließ und über den Flur zur Haustür rannte.

»Waren das zwei junge Typen, so um die elf, zwölf Jahre?«, fragte er.

»Ja, genau«, antwortete Mrs Pepper. »Aber das versteh ich nicht: Wieso behaupten sie, dass du mit ihnen verwandt bist?«

Logan und Jack sprangen aus dem Fenster in den Garten und rannten so schnell sie konnten zum Zaun am Ende des Grundstücks.

»Hey!«, hörten sie eine Stimme hinter sich brüllen. Mit Schwung sprangen Jack und Logan über den Zaun.

»Die Räder stehen vorne«, sagte Jack außer Atem.

Logan warf einen Blick zurück und sah, wie Mervyn und Calvin über den Zaun kletterten.

»Mir nach!« Sie rannten zum Ende der Straße, dann

rechts und noch mal rechts und in einem Affenzahn zurück zu Mervyns Haus.

»Hier sind sie!«, brüllte Mrs Pepper, die vor ihrem Haus stand und alles beobachtete.

Jack und Logan schnappten sich ihre Bikes, schwangen sich auf die Sättel und rasten los, den Drive hinunter, rein in die Sechsundsechzigste Straße und dann in den Sunset Boulevard, wo sie sich in einem Hinterhof versteckten. Nur eine Minute später knatterte Mervyns Moped vorbei. Als sich der Motorenlärm entfernte, atmeten die beiden Freunde auf.

»Die wissen, dass wir das waren«, schnaufte Jack völlig außer Atem.

»Und wenn schon«, erwiderte Logan. »Was sollen die schon machen?«

»Hast du Calvin nicht gehört? Der will uns umbringen!«

»Calvin ist ein Schwätzer. Viel mehr Sorgen machen mir die Typen, von denen er gesprochen hat. Die haben irgendwelche krummen Dinger gedreht.«

»Und dabei ist ein Flugzeug abgestürzt«, sagte Jack nachdenklich und ließ sich auf den Boden plumpsen.

Logan nickte und setzte sich neben Jack. »Vielleicht wegen der Platte, die wir im Sumpf gefunden haben.«

»Und was war das mit der Löwenklaue?«

»Die habe ich auf einer der Angeln in der Kammer gesehen. Sie sah genauso aus wie der Türklopfer bei den Durbridges. Ich wette, Mervyn und Calvin sind da eingebrochen, haben das Armband gestohlen und dabei auch noch eine Angel mitgehen lassen.«

»Deshalb hat Mervyn auch von *Klunkern* gesprochen!«,

rief Jack aufgeregt aus. »Er meinte die Diamanten auf dem Armband. Das müssen wir Sheriff Malone sagen. Sofort!«

»Wir haben keinen Beweis«, bremste ihn Logan. »Nur weil eine Angel aus dem Haus der Durbridges in Mervyns Kammer steht, heißt das noch lange nicht, dass er und Calvin auch das Armband gestohlen haben. Und es beweist auch nicht, dass es an Bord eines Flugzeugs war, das abgestürzt ist. Selbst wenn Sheriff Malone unseren Hinweisen nachgehen würde, könnte er Mervyn nicht viel mehr nachweisen als eine gestohlene Angel.«

Jack wurde nachdenklich. »Welche Möglichkeiten haben wir dann? Was können wir überhaupt tun?«

»Wir müssen das Flugzeug finden. Das ist unsere einzige Chance. Wenn sich an Bord gestohlener Schmuck befindet, können wir nicht nur Mervyn und Calvin, sondern auch ihre Auftraggeber hochgehen lassen.« Er runzelte die Stirn. »Die Frage ist nur, wie wir das anstellen sollen. Ohne jeden Hinweis auf die Absturzstelle.«

»Vielleicht gibt es einen«, murmelte Jack nachdenklich.

Logan sah ihn fragend an. »Wie meinst du das?«

Jack schnaubte aus. »Hast du schon mal gehört, wie ein Papagei eine elektrische Entladung nachmacht?«

»Hä?«

»Bevor ich Charlotte vor ein paar Tagen nach Homestead brachte, haben wir noch kurz einen Abstecher zum Mangrovengürtel gemacht. Da haben wir so ein merkwürdiges Geräusch gehört, so eine Art Kratzen oder Schnarren. Erst dachten wir, es wäre der Bauchaufschlitzer. Dann ist plötzlich ein Papagei aufgeflogen und wir waren sicher, dass er das Geräusch verursacht hat. Aber was, wenn es gar nicht der Papagei war?«

»Sondern das Funkgerät eines Flugzeugs«, führte Logan den Gedanken zu Ende. »Das könnte den Absturz überstanden haben. Und wenn es angefunkt wird, hört man ein Kratzen. Habt ihr das jemandem erzählt?«

Jack schüttelte den Kopf. »Wir dachten ja, dass es der Vogel war.«

»Zeig mir die Stelle«, sagte Logan. »Falls wir dort wirklich das Flugzeug finden, haben wir den Beweis. Und alarmieren den Sheriff.«

Jack nickte. »Einverstanden.«

In *Wild Claws* machten die beiden Freunde einen Zwischenstopp, um das Propellerboot zu betanken. Zeitgleich legte auch das Rangerboot mit Sarah am Steg an. Neben Logans Mum waren noch zwei Männer an Bord, die Jack und Logan als Mitarbeiter von *Animal Limited* erkannten: der große mit dem schmalen Schnurrbart und der kleine mit dem kantigen Gesicht. Ihre dunklen Anzüge hatten sie mittlerweile gegen tropentaugliche Kleidung eingetauscht.

»Hallo, Jungs«, grüßte der Kleinere der beiden sie freundlich. »Alles klar bei euch?«

»Alles bestens!«, rief Jack zurück und raunte dann Logan zu: »Was ist denn mit dem los?«

»Ich möchte euch die beiden Mitarbeiter von *Animal Limited* vorstellen«, sagte Sarah. »Das ist Mr Wakeman …«

Der Größere nickte ihnen zu.

»Und Mr Sanders.«

Der Kleinere grinste breit. »Deine Mum hat mich ganz schön zur Schnecke gemacht«, sagte er zu Logan. »Weil ich euch zweihundert Mäuse für das Gürteltier geboten hab. Ich habe ihr erklärt, dass es mir gar nicht um das tote Viech ging, sondern ich euch bloß eine Freude machen wollte. Aber ich hab eingesehen, dass das wohl nach hinten losgegangen ist.« Verschwörerisch neigte er den Kopf zu Logan. »Deine Mum ist ein ganz schön heißer Feger.« Er lachte laut auf. »Ich mach nur Spaß! Also nichts für ungut, Jungs. Wir machen 'ne Pause.« Er drehte sich um. »Sarah. Dave.«

»Gehen Sie schon mal vor«, erwiderte Logans Mum. »Ich komme gleich nach.«

»Ich stell schon mal das Bier kalt«, sagte Sanders und zwinkerte Sarah zu. Dann trotteten er und Wakeman Richtung Haupthaus.

»Blöder Affe«, knurrte Logan.

»Hey«, ermahnte ihn Sarah. »Nicht in diesem Ton, ja?«

»Aber Mum, wie der redet: *Ich stell schon mal das Bier kalt*. Was soll denn das?«

»Seine Ausdrucksweise ist vielleicht nicht jedermanns Sache. Aber er und sein Kollege sind in Ordnung. Die wollen gar nicht wahllos Tiere fangen, sondern sich eng mit mir abstimmen, auf welche wir hier verzichten können.«

»Wir können auf gar keine Tiere verzichten«, sagte Logan.

»Wir müssen es sogar«, erwiderte seine Mum. »Du weißt, was der Bürgermeister angeordnet hat. Und ich bin froh, dass Mr Sanders und Mr Wakeman kooperieren. Auch wenn sie menschlich nicht mein Typ sind.« Sie bedachte Logan und Jack mit einem strengen Blick. »Ihr müsst sie nicht mögen. Aber ihr dürft sie auch nicht beleidigen. Klar? Also benehmt euch. Wenn alles klappt, sind sie ganz schnell wieder weg.«

»Benehmt euch«, spottete Logan, als Sarah den beiden Männern gefolgt war. »Ich krieg gleich Magenkrämpfe.«

»Vergiss sie einfach«, sagte Jack. »Deine Mum hat recht: Wenn sie haben, was sie wollen, sind sie wieder weg. Und dafür können Basil und Tramp bleiben.« Er sah sich um. »Wo sind sie überhaupt?«

»Basil ist mit dem Hydrologen nach Miami unterwegs«, sagte Logan. »Und Tramp macht irgendwas in Homestead.« Er warf einen skeptischen Blick zum Haupthaus. »Passt mir gar nicht, meine Mum mit den beiden Typen alleine zu lassen.«

»Deine Mum kann sehr gut auf sich aufpassen«, erwiderte Jack. »Außerdem sind das bloß Geschäftsleute, keine Gangster.« Er machte zwei Mücken auf seinem Arm platt. »Sollen wir?«

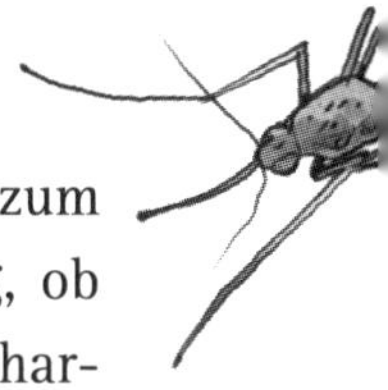

Sie fuhren mit dem Propellerboot Richtung Süden bis zum Mangrovengürtel. Jack überlegte einen Moment lang, ob er Logan den Platz am See zeigen sollte. Seit er mit Charlotte dort gewesen war, fühlte er sich zunehmend unwohl bei dem Gedanken, ihn seinem besten Freund gegenüber zu verheimlichen.

Aber dafür hatten sie jetzt keine Zeit. Außerdem fragte sich Jack, ob nicht auch Logan Geheimnisse vor ihm hatte. Und wieso auch nicht? Bedeutete der Umstand, dass man einem Freund nicht alles erzählte, dass man ihn anlog? Oder hatte nicht auch jeder das Recht, kleine Geheimnisse zu haben? Jack war sich nicht sicher. Er musste darüber nachdenken. Später.

»Hier haben wir das Geräusch gehört«, sagte er stattdessen.

Logan zog die Stirn kraus. »Zwischen den Mangroven

kann es gefährlich werden. Das Boot könnte an einer Wurzel leckschlagen.«

»Sollen wir lieber umkehren und meine Mum bitten, mit dem Helikopter drüberzufliegen?«, fragte Jack.

Logan dachte kurz über diesen Vorschlag nach. Dann schüttelte er den Kopf. »Je weniger Aufsehen wir erregen, desto besser. Wir werden schon klarkommen.«

Jack nickte. Dann lenkte er das Boot vorsichtig ins Dickicht.

Die Mangroven markierten den Übergang vom Fluss ins Meer. Sie waren die einzigen Bäume, die auch in Salzwasser überleben konnten, und hatten sich an den stetigen Wechsel zwischen Hoch- und Niedrigwasser perfekt angepasst. Mit ihren ausufernden Wurzeln erinnerten sie an Riesen, die mit langen, dünnen Beinen durchs Wasser wateten.

Je tiefer Jack und Logan mit dem Propellerboot ins Mangrovendickicht vordrangen, desto intensiver wurde der Salzgeruch des nahen Meeres. Die Tier- und Pflanzenwelt veränderte sich und zwischen dem Baumgeäst konnte man auf Haie oder Barrakudas treffen, die in dem dunklen Wasser nicht zu sehen waren. Auch für Alligatoren und Krokodile gab es hier bessere Verstecke als im offenen Grasland. Zwar hatten weder Jack noch Logan wirklich Angst vor einem Angriff – dazu lebten die Menschen in Florida und besonders hier im Nationalpark viel zu eng mit gefährlichen Tieren zusammen. Sie waren die Gefahr gewohnt und hatten gelernt, mit ihr umzugehen. Dennoch war den beiden Freunden das Grasland vertrauter. Und sie wurden fast automatisch stiller, als sie durch den Urwald paddelten.

»Das hat keinen Zweck«, meinte Logan nach einer Stunde und klatschte eine Mückenansammlung in seinem Nacken platt. »Wir kommen kaum noch voran und wissen nicht mal, ob die Richtung stimmt. Vielleicht habt ihr ja doch den Papagei gehört.«

Jack schaute nach oben. »Wenn hier irgendwo ein Flugzeug abgestürzt wäre, würde man es sowieso nicht finden. Auch nicht aus der Luft. Die Baumkronen sind viel zu dicht.« Er seufzte. »Und ich dachte, wir hätten eine heiße Spur.«

»Wir finden eine andere«, versuchte Logan, seinen Freund aufzumuntern.

Sie wendeten das Boot und paddelten zurück. Als sich die Wasserader gabelte, zögerte Logan. »Wir sind doch von rechts gekommen, oder?«

»Von links«, sagte Jack.

Logan drehte sich zu ihm. »Sicher?«

Jack nickte. »Ich erkenne die Orchidee an der Mangrovenwurzel wieder.« Er zeigte auf eine weiße Blume, die auf dem grauen Holz des Baums ihre Blüte gen Himmel streckte.

»Die habe ich mir auch gemerkt«, sagte Logan und wies zu einem Ast auf der rechten Seite, auf dem ebenfalls eine weiße Orchidee wuchs. Sie ähnelte der anderen wie ein Ei dem anderen.

»Mist«, fluchte Jack. »Haben wir uns etwa verirrt?«

Sie starrten einander stumm an. Sekunden vergingen.

»Und jetzt?«, fragte Logan.

»Intuition«, sagte Jack. »Was sagt dein Bauchgefühl?«

»Wie bitte?«

»Nicht nachdenken, machen. Jeder hört auf sein Bauchgefühl. Ich zähle bis drei und dann zeigt jeder in die Richtung, die er spontan für die richtige hält. Wenn unser Bauchgefühl stimmt, sollte es dieselbe sein. Okay?«

Logan nickte etwas zögerlich.

»Eins«, sagte Jack und horchte in sich hinein. »Zwei.« Da war etwas. Ein Kribbeln im Bauch. »Und ...«

Es knackte. Wie eine elektrische Entladung. Und diesmal war sich Jack sicher, dass das kein Papagei gewesen war.

»Das kam von links!«, riefen beide gleichzeitig.

Vorsichtig folgten sie der Wasserader, bis sie eine offene Stelle im Mangrovengestrüpp erreichten. Sie paddelten zur Mitte – und dann sahen sie es!

Zwischen den Bäumen in fast senkrechter Position hing ein Flugzeugwrack. Sein Bug berührte das Wasser, das Heck stand nach oben wie die Finne eines Schwertwals. Die Rotoren an den Tragflächen waren verbogen, das Fahrgestell hing halb abgerissen vom Rumpf herab.

Jack und Logan paddelten das Propellerboot zum Wrack und machten es an einer Baumwurzel fest.

»Hörst du das?«, fragte Logan.

Sie lauschten.

Aus dem Inneren der Maschine waren schabende Geräusche zu hören.

»Vielleicht hat jemand überlebt und ist dort drinnen festgeklemmt«, sagte Jack. »Sehen wir nach.«

Sie kletterten über die Wurzel zum Cockpitfenster und sahen durch die Scheiben hinein. In den Sitzen saßen, von den Gurten gehalten, zwei Menschen mit nach unten hängenden Köpfen.

»Sie sind tot«, sagte Jack. »Vermutlich beim Aufprall gestorben.« Auf dem Instrumentenfeld war ein schwaches Licht zu sehen. »Das Funkgerät funktioniert noch. Daher kommt das Knattern.«

Erneut war das Schaben zu hören. Diesmal begleitet von einer Art Knurren oder Brummen.

Jack versuchte, die Tür an der Seite des Flugzeugs zu öffnen. Vergeblich.

»Die Tragfläche ist verbogen und hat den Rumpf verzogen. Die Tür kriegen wir nie auf.«

»Wenn die Platte, die wir gefunden haben, von dieser Maschine stammt, kommen wir vielleicht von hinten durch das Heck rein«, überlegte Logan.

Sie kletterten zurück ins Boot und paddelten zur gegenüberliegenden Seite des Wracks. Eine dicke Mangrovenwurzel führte parallel zum Flugzeugrumpf nach oben. Logan packte den Stamm und kletterte hinauf.

»Hier ist eine Öffnung!«, rief er zu Jack hinunter. »Von der Größe und Farbe her könnte die Klappe passen. Aber innen drin ist es zu dunkel. Ich kann nichts erkennen.«

Jack öffnete die Materialkiste neben sich, zog eine Taschenlampe heraus und warf sie seinem Freund zu. Logan fing die Lampe und leuchtete in den hinteren Teil des Flugzeugs hinein.

Der Frachtraum hatte etwa die Größe eines kleinen Busses. Da das Flugzeug im steilen Winkel zwischen den Bäumen hing, war alles, was in ihm untergebracht war, nach unten gerutscht und hatte sich dort auf einer Fläche, die nicht größer als eine herkömmliche Tür war, gesammelt. Logan sah eine Art dunkle Masse, die sich bewegte und schabende Geräusche verursachte. Aber erst als sich der dunkle Körper herumdrehte und Logan zwei funkelnde Augen entgegenstarrten, erkannte er, worum es sich handelte.

Es war ein Alligator, etwa zwei Meter lang. Er lag zwischen einem Dutzend weiterer Tiere aller Arten und versuchte verzweifelt, sich zu befreien. Als er Logan sein offenes Maul entgegenstreckte, sah der Junge etwas, das Ähnlichkeit mit einer Glasscherbe hatte, die zwischen den Zähnen des Reptils eingeklemmt war.

»Ein Diamant«, sagte Logan. »Da ist ein halb toter Alligator mit einem Diamanten zwischen den Zähnen.«

Jack glaubte, sich verhört zu haben, und kletterte nach

oben zu Logan, um sich mit eigenen Augen davon zu überzeugen.

»Was hat das zu bedeuten?«, fragte er, als beide wieder im Boot saßen.

Aber Logan antwortete nicht. Stattdessen nahm er das Funkgerät und betätigte die Sendetaste.

»Logan ruft Sarah. Mum? Hörst du mich?«

»Hier ist Sarah«, ertönte eine kratzende Stimme. »Was gibt's?«

Logan berichtete ihr in knappen Worten von dem Flugzeug und gab seiner Mum die Koordinaten durch.

»Und bring ein Betäubungsgewehr mit«, schloss er seinen Bericht. »Mit tödlichem Gift. Du musst wahrscheinlich einen Alligator einschläfern.«

Während Jack und Logan auf Sarah warteten, überlegten sie, was geschehen sein könnte.

»Das Flugzeug fliegt Richtung Süden über das Sumpfgebiet und gerät in einen Sturm«, sagte Jack. »Die Klappe vom Frachtraum reißt ab und fällt herunter – und zwar dort, wo wir sie gefunden haben. Der Pilot verliert die Kontrolle über die Maschine und sie stürzt hier im Mangrovengürtel ab, rund zehn Meilen entfernt von dem Ort, an dem die Klappe abgerissen ist.«

»Wieso hat er nicht Mayday gefunkt?«, fragte Logan. »Denn wenn er es getan hätte, hätte man nach dem Flugzeug gesucht. Und das hätten wir mitbekommen. Immerhin arbeiten deine Eltern auf dem Flughafen in Homestead. Ein Absturz mit anschließender Suchaktion hätte sich doch in Windeseile herumgesprochen.«

Jack rieb sich das Kinn. »Wahrscheinlich haben sie kein Mayday gefunkt, weil sie illegal unterwegs waren. Sie haben Diamanten geschmuggelt.«

»Deshalb hat Charlotte ihren Diamanten auch in der Nähe der Frachtraumklappe gefunden«, überlegte Logan weiter. »Er ist rausgefallen, nachdem die Klappe abgerissen war.«

»Dann war es vielleicht gar nicht der Diamant vom Armband ihrer Pflegemutter«, sagte Jack. »Sondern nur einer von vielen. Diamanten sehen sich ja ziemlich ähnlich, ich habe mir das mal im Internet angeschaut.«

»Aber warum fallen sie aus dem Flugzeug? Die Diamanten lagen ja sicher nicht einfach im Frachtraum herum.«

»Und wieso hatten sie einen Alligator und weitere Tiere dabei?«

»Keine Ahnung«, meinte Jack und atmete tief durch. »Ich habe noch nie einen Toten gesehen«, sagte er dann leise.

»Ich auch nicht«, seufzte Logan. »Muss ganz schön fies sein, auf diese Weise zu sterben.«

»Das wünscht man keinem«, sagte Jack. »Nicht mal einem Schmuggler.«

Das Geräusch eines Propellers wurde hörbar.

»Das ist meine Mum!«, rief Logan erleichtert aus.

»Und wenn es die Schmuggler sind?«, gab Jack zu bedenken.

»Die wissen ja nicht, wo das Flugzeug abgestürzt ist, sonst hätten sie die Diamanten schon längst geholt.« Logan schüttelte den Kopf. »Das ist meine Mum.«

Es dauerte eine Weile, bis das Propellerboot so nah gekommen war, dass Jack und Logan die Paddelschläge im Wasser hören konnten. Dann schob sich das Boot durch das Dickicht. Logan spürte Erleichterung, als er seine Mum entdeckte. Allerdings verschwand das Gefühl sofort, als er sah, dass sie nicht alleine war. Die beiden Mitarbeiter von *Animal Limited* waren ebenfalls an Bord. Und sie waren bewaffnet.

»Alle Achtung!«, rief Mr Sanders aus. »Ihr habt das Wrack gefunden, nach dem wir ewig gesucht haben. Wie habt ihr das gemacht?« Er gab einen Laut von sich, der an das Lachen einer Hyäne erinnerte.

Logan hielt den Blick starr auf seine Mum gerichtet. »Alles in Ordnung?«, fragte er an sie gerichtet.

Sie nickte stumm.

»Noch ist alles in Ordnung«, sagte Mr Wakeman. »Und wenn die Steine da sind, bleibt das auch so. Sie sind doch noch da, oder?«

»Sie meinen wohl die Diamanten«, erwiderte Jack. »Die Sie geschmuggelt haben.«

»Da ist ja einer oberschlau«, stellte Sanders fest.

»Im Frachtraum liegen ein Dutzend toter Tiere«, sagte Jack. »Nur ein Alligator hat den Absturz überlebt. Und der hat einen Diamanten zwischen den Zähnen klemmen. Warum?«

Wakeman grinste hinterhältig. »Die Viecher haben die Klunker eben zum Fressen gern. So einfach ist das.«

»Jetzt verstehe ich«, sagte Logan. »Sie haben den Tieren die Diamanten zu fressen gegeben, um die Steine außer Landes zu schmuggeln. Nach Kuba.«

»Deshalb auch der aufgeschlitzte Bauch des Alligators und der entfernte Magen«, ergänzte Jack. »Auf der Suche nach dem Flugzeug haben Sie den Alligator im Grasland gefunden und ihm den Magen entfernt, um an Ihr Diebesgut zu kommen.«

»Deshalb wollten Sie uns auch das Gürteltier abkaufen«, fuhr Logan fort. »Aber in seinem Magen waren keine Diamanten. Wir haben nachgesehen.«

»Vermutlich hatte das Viech sie schon verdaut«, knurrte Wakeman. »Habt ihr auch im Darm nachgesehen?«

»Schluss jetzt«, sagte Sanders. »Ich will die Steine haben. Und zwar sofort!« Er richtete den Revolver auf Jack und Logan. »Ihr holt jetzt die toten Viecher aus dem Flugzeug und ladet sie auf unser Boot.«

»Das geht nicht so einfach«, erwiderte Logan. »Die Tiere liegen ganz unten im Wrack. Sie hochzuschaffen, wird schwierig. Außerdem lebt noch ein Alligator. Er ist schwer verletzt.«

»Dann knall ich ihn ab«, sagte Sanders.

»Er muss eingeschläfert werden«, widersprach Logan. »Deshalb hatte ich meiner Mum gesagt, sie soll das Betäubungsgewehr mitbringen.«

»Schwachsinn«, knurrte Sanders. »Ich knall das Viech ab und gut is'.«

»Lass sie doch«, sagte Wakeman. »Wir müssen eh noch auf die anderen warten. Und so ein Schuss ist kilometerweit zu hören. Wenn die das Viech auf andere Weise killen können – umso besser.«

»Ein Schuss aus dem Betäubungsgewehr ist auch laut«, erwiderte Sanders. »Wo ist denn da der Unterschied?«

»Er ist viel leiser als der Schuss aus einer Pistole«, behauptete Logan, obwohl das gar nicht stimmte. Aber er hatte einen Plan. »Nicht wahr, Mum?«

Sarah nickte. »Wenn Sie mich das machen lassen, schläft das Tier innerhalb von ein paar Minuten friedlich ein.«

Sanders wirkte unentschlossen. Sein Blick wanderte ein paar Mal zwischen dem Wrack und Sarah hin und her.

»Also gut«, sagte er schließlich. »Dann los. Und keine Tricks!«

Während Wakeman Jack und Logan in Schach hielt, verfolgte Sanders mit dem Lauf seiner Pistole jede Bewegung von Sarah. Die Rangerin holte das Betäubungsgewehr aus einer Kiste und legte einen Pfeil in den Lauf. Dann schulterte sie die Waffe und kletterte die Mangrovenwurzel hoch zum Heck des Flugzeugs. Als sie die Tiere im Inneren erblickte, musste sie schlucken. Die brutale Art und Weise, wie sie misshandelt worden waren, versetzte ihr einen Stich ins Herz.

»Na los, wird's bald!«, trieb Sanders sie an.

Sarah warf ihrem Sohn einen Blick zu. Logan nickte unmerklich. Seine Mum hatte nur einen Schuss. Wenn sie Sanders mit dem Pfeil traf, konnte die Überraschung dafür sorgen, dass er wegen des Betäubungsmittels nicht mehr in der Lage war, seine Pistole abzufeuern. Gleichzeitig mussten Logan und Jack Wakeman überwältigen, was nur gelingen konnte, wenn sich die beiden mit ihrem gesamten Gewicht gegen ihn warfen. Es war ein Wagnis. Aber es konnte gelingen. Logan machte sich bereit ...

... als ein Geräusch ihn zusammenzucken ließ. Der Motor eines weiteren Propellerboots.

»Stopp!«, rief Sanders.

Sarah verharrte.

Sah zu Logan.

Jetzt oder nie!, dachte er – da spürte er den Lauf einer Pistole an seinem Bauch.

»Was du auch vorhast, lass es«, brummte Wakeman.

Der Plan war gescheitert. Es war vorbei.

Ein paar Minuten später stieß das Boot mit Calvin und Mervyn zu ihnen.

»So sieht man sich wieder!«, rief Calvin und warf Jack

und Logan einen bösen Blick zu. »Was dagegen, wenn ich mir die beiden da vorknöpfe? Mit denen habe ich noch ein Hühnchen zu rupfen ...«

Ein Schuss durchbrach die Stille. Sanders und Wakeman fuhren herum und richteten ihre Waffen auf Sarah. Sie stand auf dem Mangrovenast und hielt den Lauf des Gewehrs ins offene Heck gerichtet.

»In fünf Minuten ist der Alligator tot«, sagte sie.

»Umso besser«, knurrte Sanders. »Dann können wir ja endlich mit der Arbeit beginnen.«

Kurz darauf bargen Calvin und Mervyn gemeinsam mit Sarah, Logan und Jack die Kadaver aus dem Flugzeugrumpf und legten sie in eines der Boote.

»Soll ich ihnen gleich hier die Mägen rausschneiden?«, fragte Wakeman, der die Verladeaktion ungeduldig beobachtete.

Sanders schüttelte den Kopf. »Wir fahren erst zur Kieferninsel im Norden. Falls wir dort warten müssen, können wir das immer noch machen. Ansonsten erledigen wir das auf Kuba.«

Wakeman warf einen Blick auf seine Armbanduhr. »Die PA 18 landet um 19 Uhr.« Er sah zu den anderen. »Also beeilt euch mal ein bisschen!«

»Dave!«, rief ihn Sanders zu sich. Die beiden Schmuggler zogen sich auf das Rangerboot zurück und flüsterten aufgeregt miteinander.

»Klingt nicht gut«, murmelte Jack.

»Halt die Klappe«, fauchte Calvin und reichte ihm einen toten Luchs.

»Die überlegen bestimmt, wie sie uns beseitigen«, fuhr Jack unbeirrt fort. »Mit fünf Opfern haben die garantiert nicht gerechnet.«

Calvin stutzte. »Wieso fünf?«

»Logan, Sarah und ich, Mervyn und du«, zählte Jack auf. »Das sind fünf.«

Calvin starrte ihn entgeistert an. »Wieso sollten die Merv und mich umbringen?«

Jack zuckte mit den Achseln. »Was sollten sie sonst mit euch machen?«

»Mit nach Kuba nehmen.«

»Haben sie euch das gesagt? Krass.«

Calvin wurde ungeduldig. »Was ist krass?«

»Dass ihr das glaubt«, erwiderte Jack. »Die haben doch gar keinen Grund, euch mitzunehmen.«

»Logo haben sie den. Sie zahlen uns auf Kuba aus.«

»Für die Diamanten, die ihr in Homestead geklaut habt.«

Calvins Miene verfinsterte sich. Jack hob entschuldigend die Hände. »Musst mir ja nichts sagen.«

»Mach ich auch nicht«, gab Calvin gereizt zurück.

Jack seufzte theatralisch. »Allerdings weiß ich eins mit Sicherheit: Mit nach Kuba fliegt ihr nicht.«

Calvin packte Jack am Kragen. »Du sagst mir jetzt sofort ...«

»Hey! Was ist los?« Sanders und Wakeman sahen zu ihnen herüber.

»Nichts!«, rief Calvin zurück und ließ von Jack ab. Er nahm einen toten Fuchs von Mervyn entgegen und reichte ihn an Jack weiter. »Wieso nehmen sie uns nicht mit nach Kuba?«, zischte er.

»Sag ich dir«, gab Jack zurück. »Wenn du mir erzählst, wieso ihr die Einbrüche in Homestead begangen habt.«

Calvin zuckte mit den Achseln. »Diese Typen gehören zu 'ner Bande, die oben im Norden einen Einbruch gemacht hat. Von uns wollten die ursprünglich nur, dass wir das Flugzeug besorgen. Merv kennt einen der Hintermänner. Da haben wir uns gedacht, wir verdienen mit ein paar extra Steinchen etwas extra Kohle. Deshalb haben wir ein paar Runden in Homestead gedreht. Fanden die Jungs erst nicht so prickelnd, aber dann haben sie die Klunker doch genommen.«

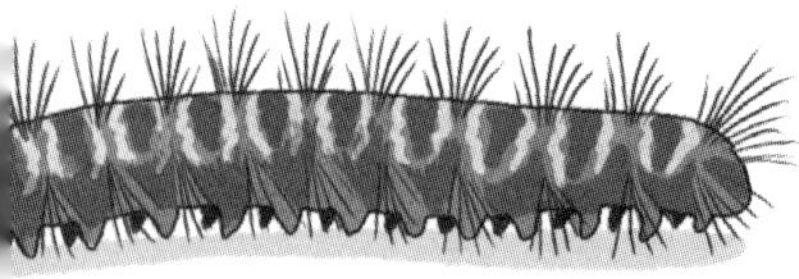

»Und dann stürzte das Flugzeug ab«, sagte Jack.

Calvin nickte. »Und sie meinten, futsch ist futsch. Aber als ihr dann das Wrack hier entdeckt habt, haben sie uns angefunkt und versprochen, uns für die Steine auszuzahlen. Auf Kuba.« Er warf Jack einen finsteren Blick zu. »Und jetzt bist du dran: Warum sollten sie ihr Versprechen nicht halten?«

»Weil in einem Dreisitzer kein Platz für euch ist«, erwiderte Jack gelassen.

Calvin zog die Stirn kraus. »Dreisitzer?«

»Dieser Wakeman hat von einer PA 18 gesprochen«, erklärte Jack. »Die hat neben dem Piloten noch Platz für zwei weitere Passagiere. Plus etwas Stauraum für Gepäck. Da passen vielleicht gerade mal die Tierkadaver rein. Aber mit Sicherheit nicht du und Mervyn.«

Calvin warf Jack einen abschätzenden Blick zu. »Woher willst du das wissen?«

»Mein Dad ist Fluglehrer«, erwiderte Jack. »Er besitzt eine PA 18. Deshalb.«

Calvin starrte ihn fassungslos an.

»Wenn du mich fragst, wollten die euch nie mitnehmen«,

fuhr Jack fort. »Ich an eurer Stelle würde mich mal fragen, was die wirklich mit euch vorhaben. Ihr wisst, was sie getan haben, wo das Wrack liegt – und habt deren Gesichter gesehen. Denk doch mal nach, Calvin: Was würdest du an deren Stelle tun?«

»Was gibt's denn da zu quatschen?«, schnauzte Sanders.

Calvin schüttelte den Kopf. »Nichts.« Dann warf er Jack einen besorgten Blick zu.

Als alle Tiere verladen waren, fuhren die drei Boote los: vorneweg Sanders mit Sarah und Calvin, dahinter Wakeman mit Jack und Logan und zum Abschluss Mervyn. Etwa einen Kilometer weiter nördlich stoppten die Schmuggler in der Nähe einer Kieferninsel.

»Endstation«, verkündete Sanders. »Hier warten wir auf unseren Shuttleservice. Und für unsere Gäste ist die Reise jetzt zu Ende.«

»Hier landet das Wasserflugzeug?«, fragte Calvin.

Sanders nickte und warf einen Blick auf seine Uhr. »Und zwar jeden Augenblick. Zeit also, uns von unseren Gästen zu verabschieden.« Er nickte Wakeman zu, der Sarah am Arm packte und unsanft aus dem Boot schob. Er watete mit ihr zur Insel und rief dann Jack und Logan zu sich. Die beiden Jungen verließen ihr Boot und folgten Wakeman.

»Äh, nur noch mal, damit alles klar ist«, sagte Calvin unterdessen zu Sanders. »Das Flugzeug landet hier, wir laden die Viecher ein und hauen dann alle zusammen Richtung Kuba ab. Richtig?«

»Genau«, sagte Sanders mit leicht genervter Stimme.

»Und in dem Flugzeug haben wir auch alle Platz«, fuhr Calvin fort. »Die Viecher, der Pilot, ihr beide, Merv, ich ...«

Sanders bedachte Calvin mit einem bösen Blick. »Hast du damit ein Problem?«

»Nein, kein Problem. Ich frage mich nur ...«

»Was fragst du dich?«, unterbrach ihn Sanders und nestelte nervös an seiner Waffe herum.

Calvin hob beschwichtigend die Hände. »Nichts. Alles bestens.«

»Dann ist ja gut.« Sanders sah zu seinem Kumpel. »Mach sie kalt!«

Im selben Augenblick kam eine Person um die Küstenlinie geschlendert und hielt direkt auf ihn zu.

»Mich laust der Affe!«, sagte Logan, als er erkannte, um wen es sich handelte. »Charlotte!«

Die Hände in den Taschen und mit einem lässigen Gesichtsausdruck stakste das Mädchen gemächlich durchs Wasser. Nur wenige Meter vom Boot mit Sanders entfernt blieb sie stehen.

»Was zur Hölle soll das?«, rief der Schmuggler wütend aus. »Wer verflucht noch mal bist du?«

»Und wer sind Sie?«, gab Charlotte entspannt zurück.

Sanders richtete seine Waffe auf sie.

»Das würde ich lieber nicht tun«, sagte Charlotte.

»Und wieso nicht?« Der Verbrecher schäumte vor Wut.

»Weil Sie dann sterben. Und Ihr Kumpel auch.« Sie nickte Richtung Wakeman.

»Was erzählst du da für einen Blödsinn? Du tust ja gerade so, als hättest du eine ganze Armee bei dir.«

»Hab ich ja auch.«

»Ach ja? Und wo ist sie? Ich seh hier nämlich niemanden.«

»Und dennoch ist sie da.«

Sanders fixierte Charlotte für ein paar Sekunden.

»Du bluffst«, sagte er und legte erneut auf Charlotte an.

»Sicher?« Das Mädchen neigte den Kopf ein wenig zur Seite. »Glauben Sie echt, ich würde hier so einfach rumspazieren und Ihnen das alles erzählen, wenn ich *keine* Armee bei mir hätte? Immerhin bin ich unbewaffnet. Halten Sie mich echt für so blöd?«

Sanders dachte nach. »Vielleicht willst du Zeit schinden.« Er spannte den Hahn an der Pistole. »Finden wir es heraus.«

»Wenn Sie abdrücken, sind Sie tot«, gab Charlotte seelenruhig zurück. »Aber wenn Sie herausfinden wollen, ob ich die Wahrheit sage, geht das ganz einfach: Sehen Sie nach.«

Sanders runzelte die Stirn. »Nachsehen?«

»Hinter der Kieferninsel.« Charlotte wies mit dem Daumen hinter sich. »Da wartet nämlich meine Armee. Falls ich lüge, können Sie mich ja immer noch umlegen.«

Sanders lachte auf. »Für wie dumm hältst du mich? Ich renn doch nicht offenen Auges in eine verfluchte Falle!«

Charlotte zuckte mit den Schultern. »Schicken Sie doch ihn da.« Sie zeigte zu Mervyn.

»Was?« Mervyn riss die Augen auf.

»Okay, warum nicht«, sagte Sanders und nickte Mervyn zu. »Sieh nach, was dahinten los ist.«

»Warum ich?«, rief Mervyn entsetzt aus. »Das ist doch 'ne Falle. Warum soll ich da reinlaufen?«

»Weil ich es sage. Nimm von mir aus eine Signalpistole mit, wenn's dir damit besser geht.«

»Das ist doch Bockmist«, schimpfte Mervyn. Trotzdem drehte er sich um, öffnete die Notfallbox des Propellerboots und zog eine Signalpistole heraus. »Totaler Bockmist.« Er sprang vom Boot und stakste durch das Wasser Richtung Kieferninsel.

»Wenn ihm was passiert, bist du tot«, zischte Sanders Charlotte zu.

»Und wenn Sie schießen, sind Sie tot«, gab Charlotte zurück. Das Lächeln verschwand aus ihrem Gesicht. Und in ihren Augen begann es, bedrohlich zu funkeln.

Mervyn verschwand hinter den Bäumen. Alle lauschten gespannt auf die Geräusche. Aber es kamen keine. Es blieb völlig still.

»Und wo ist sie jetzt, deine Armee?«, fragte Sanders mit hasserfülltem Blick.

Im selben Augenblick ertönte ein spitzer Schrei.

»Jetzt!«, brüllte Charlotte und rannte los. Sanders war einen Augenblick lang verwirrt, sah zur Insel, dann wieder zu Charlotte – aber da hatte ihn das Mädchen bereits erreicht und versetzte ihm einen heftigen Schlag mit der Faust auf die Brust. Mitten auf den Solarplexus. Sanders röchelte.

Gleichzeitig waren Schüsse zu hören, das Wasser spritzte auf. Wakeman ging in Deckung. Eine Kugel zischte nur knapp an ihm vorbei und schlug in eins der Boote. Wakeman feuerte zurück, bis sein Magazin leer war.

»Rennt!«, brüllte Charlotte Jack, Logan und Sarah zu, während sie Richtung Kiefernwald hetzte.

»Dave!«, röchelte Sanders und zeigte zu den Flüchtenden. Wakeman richtete seinen Revolver auf sie und drückte ab. Mehrere Kugeln schlugen in die Bäume neben ihnen ein, als sie das Waldstück erreichten und im Dickicht verschwanden.

Jack, Logan und Sarah folgten Charlotte durch das Dickicht – als plötzlich ein Mann vor ihnen stand und eine Waffe auf sie richtete. Eine Schrecksekunde lang schien alles möglich. Dann ließ der Mann die Waffe sinken. Und Jack und Logan erkannten, um wen es sich handelte.

»Mr Conway!«

Der alte Mann wirkte erleichtert. »Ihr habt es geschafft. Gott sei Dank!«

»Wo ist Mervyn?«, fragte Sarah.

»Den habe ich an einen Baum gefesselt und geknebelt«, sagte Mr Conway.

»Wer hat dann geschrien?«, fragte Logan.

»Das war ich«, sagte Mr Conway. »Charlotte und ich haben das so abgesprochen. Es war Teil unseres Plans.« Er warf dem Mädchen ein Lächeln zu.

Aber Logan war alles andere als begeistert. »Soll das heißen, hier ist gar keine Armee?«

Charlotte schüttelte den Kopf. »Hier sind nur Mr Conway und ich.«

»Wir sind also ganz allein mit diesen Wahnsinnigen?« Logan stand das Entsetzen ins Gesicht geschrieben.

»Bevor wir uns hier versteckten, haben wir Sheriff Malone per Funk verständigt«, sagte Mr Conway. »Er ist mit dem Hubschrauber unterwegs. Wir müssen nur abwarten.«

»Dann könnte es zu spät sein«, sagte Sarah. »Ich glaube nicht, dass diese Typen tatenlos abwarten.«

Ein surrendes Geräusch war in der Ferne zu hören.

»Das muss der Sheriff sein«, sagte Charlotte erleichtert.

Aber Jack widersprach. »Das ist kein Hubschrauber. Das ist ein Flugzeugmotor. Eine kleine Maschine.« Sein Blick verfinsterte sich. »Das muss das Wasserflugzeug der Schmuggler sein.«

*

»Wir holen sie raus«, raunte Sanders seinem Kumpel zu. »Ich geh hier rein, du von der Rückseite der Insel. Dann treiben wir sie zusammen.«

»Und wenn sie in der Zwischenzeit abhauen?«, fragte Wakeman.

»Wohin sollten die abhauen?«, gab Sanders zurück. »Wenn sie in den Sumpf flüchten, haben wir freies Schussfeld.« Er richtete den Blick auf Calvin. »Du gibst uns Bescheid, sobald einer das Waldstück verlässt. Kapiert?«

»Aber einer von denen hat 'ne Waffe«, sagte Calvin.

»Na und? Die schießen schon nicht auf dich. Dazu fehlt ihnen der Mumm.« Er sah zu Wakeman. »Los jetzt, wir haben wenig Zeit.«

*

»Wir müssen von der Insel runter«, sagte Logan.

Sarah schüttelte den Kopf. »Darauf warten die doch nur. Wir müssen durchhalten, bis Sheriff Malone hier ist.«

»Dann müssen wir uns verstecken«, sagte Jack. »Vielleicht finden wir irgendwo einen Unterschlupf ...«

»Still!« Logan legte den Finger auf die Lippen. »Hört ihr das?«

Sie lauschten. Entfernt war ein Rascheln zu hören.

»Sie kommen rein«, flüsterte Charlotte. »Die suchen uns.«

»Das meine ich nicht«, sagte Logan. »Da war noch ein anderes Geräusch.«

Jack warf ihm einen fragenden Blick zu. Im selben Augenblick war ein tiefes Fauchen zu hören. Ganz in ihrer Nähe.

»Das ist das Fauchen, das ich auf *Wild Claws* gehört habe«, flüsterte Logan.

»Was ist das für ein Tier?«, fragte Sarah.

»Das ist kein Tier«, sagte Mr Conway. »Das ist der Drache.«

*

Sanders arbeitete sich durch das Dickicht. Er war sauer. Stinksauer. Alles hatte perfekt geklappt – und plötzlich tauchte dieses Mädchen auf. Sanders hatte zwar keine Ahnung, wie sie sie gefunden hatte. Aber wenn es ihr gelungen war, konnten andere sie auch finden. Der Sheriff zum Beispiel.

Sie durften keine Zeit verlieren und mussten die Angelegenheit so schnell wie möglich ...

Er verharrte. Da war ein Geräusch gewesen. Nicht weit entfernt. Die Frage war nur, aus welcher Richtung es gekommen war. Sanders verhielt sich mucksmäuschenstill.

Und hörte es wieder. Eine Art Schleifen. Und diesmal erkannte er auch, woher es kam. Sanders prüfte das Magazin seiner Pistole und entsicherte die Waffe. Dann ging er in Richtung des Geräuschs.

*

Wakeman gefiel überhaupt nicht, was sie hier taten. Die Aktion lief aus dem Ruder und vom ursprünglichen Plan war kaum noch etwas übrig. Schon dass sie Calvin und Mervyn an Bord geholt hatten, war ein Fehler gewesen. Und als dann auch noch diese Kinder im Sumpf rumgurkten, hätten sie eigentlich die Reißleine ziehen müssen. Erst mal alles abblasen und sich zurückziehen, bis Gras über die Sache gewachsen war. In ein paar Monaten hätten sie dann still und heimlich nach dem Flugzeug suchen können.

Jetzt war es zu spät. Und sie hatten den Salat. Ein halbes Dutzend Zeugen, die ausgeschaltet werden mussten. Sanders und ihm blieb gar nichts anderes übrig, denn die Typen kannten ihre Gesichter. So was Blödes ...

Wakeman hielt inne. Er hatte etwas gehört. Ein dumpfes Murmeln.

Die Pistole nach vorne gerichtet, ging er vorsichtig weiter. Als er einen dicken Baum passierte, sah er, woher das Murmeln kam. Und wer es verursachte.

»Mervyn.«

*

»Er kommt direkt auf uns zu«, flüsterte Mr Conway und in seinen Augen spiegelte sich Furcht.

»Das ist kein Drache«, versuchte ihn Sarah zu beruhigen. »Drachen gibt es nur in der Fantasie.«

»Was ist es dann?«, fragte Jack.

Sarah zuckte mit den Schultern. »Ich weiß es nicht.«

»Wir müssen hier weg«, sagte Logan. »Ist doch ganz egal, was es ist. Wenn es uns erwischt ...«

»Still!«

»Aber ...«

»Pst!«

Sarah presste ihre Hand auf Logans Mund. Erst wollte er protestieren. Dann entdeckte er, was seine Mutter meinte. Nur wenige Meter von ihnen entfernt kam Sanders aus dem Gebüsch und trat auf die Lichtung. Dort verharrte er und lauschte. Logan spürte das Blut in seinen Ohren pochen. Eine falsche Bewegung und Sanders wüsste, wo sie sich versteckten. Dann würde er seine Pistole auf sie richten und abdrücken. Sie hatten keine Chance.

Aber noch hatte Sanders sie nicht entdeckt. Er schien unschlüssig, wohin er gehen sollte, und horchte in alle Richtungen. Dann drehte er sich zur Seite und machte einen Schritt. Logan wollte schon aufatmen, als ein Ast knackte. Genau neben ihm. Er riss den Kopf zur Seite und sah zu Mr Conway, der ihn mit weit aufgerissenen Augen anstarrte. Der alte Mann musste das Geräusch aus Versehen verursacht haben. Logan sah zurück ... und ihm blieb fast das Herz stehen. Sanders kam direkt auf sie zu.

*

Mervyn war an einen Baum gefesselt und mit einem Tuch geknebelt worden. Offenbar hatten ihn die anderen überwältigt. War ja auch eine saublöde Idee von Sanders gewesen, Mervyn alleine zur Insel zu schicken.

Für Wakeman war es jetzt allerdings gut, denn so hatte er keinen Ärger mit dem jungen Kerl. Er richtete den Revolver auf Mervyn. »Tut mir leid«, sagte er. »Aber es geht nicht anders.«

Mervyn riss die Augen auf.

»Hey!«, sagte eine Stimme. Wakeman fuhr herum und erkannte gerade noch, dass Calvin hinter ihm stand – mit erhobenen Händen. Dann spürte er einen harten Schlag auf den Kopf. Und die Nacht senkte sich über sein Bewusstsein.

*

Sanders fuhr herum. Das war Wakeman gewesen, der da aufgeschrien hatte. Ihm war etwas zugestoßen. So ein Mist!

Trotzdem musste er sich erst um das Gebüsch kümmern. Da hatte etwas geknackt. Vielleicht hatten sich die Flüchtigen ja dort versteckt. Oder dieses Viech, dessen Geräusch er vorhin gehört hatte. Egal. Er hatte keine Zeit mehr, um nachzusehen.

Sanders richtete den Revolver auf das Gebüsch ... als es direkt neben ihm fauchte. Er fuhr herum ... und sah einen Drachen, der sich aufbäumte und auf ihn warf. Sanders ging zu Boden und verlor die Pistole. Ein Schuss löste sich. Der Drache ließ von ihm ab und verschwand.

Gleichzeitig stürzten sich Sarah und die anderen auf ihn. Die Wildhüterin hob den Revolver vom Boden auf. Sanders wollte aufspringen und auf sie losgehen – aber er knickte weg und fiel erneut zu Boden. Erst da begriff er, dass der Drache ihn erwischt hatte. In seiner Wade klaffte eine tiefe Wunde.

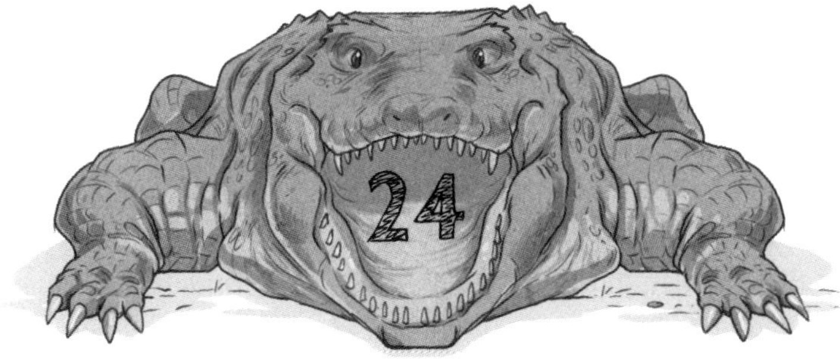

Nur wenig später landete der Hubschrauber mit Sheriff Malone und mehreren Polizisten neben den Propellerbooten. Sie nahmen Wakeman fest, der wieder zu Bewusstsein gekommen war, und versorgten Sanders' Wunde, nachdem sie auch ihm Handschellen angelegt hatten. Auch Calvin und Mervyn wurden festgenommen und zum Hubschrauber gebracht.

In der Zwischenzeit nahm Sheriff Malone die toten Tiere auf dem Propellerboot in Augenschein. »Was für eine Schande«, seufzte er.

»Die Schmuggler gaben ihnen die Diamanten mit Fleisch zu fressen, um sie außer Landes zu bringen«, erklärte Sarah. »Beim ersten Flug behaupteten sie, die Tiere wären für einen Privatzoo auf Kuba. Nachdem die Maschine abgestürzt war, nutzten Sanders und Wakeman die Sondergenehmigung, um nach dem Flugzeug zu suchen und die Steine erneut außer Landes zu schmuggeln. Aber als Logan mir per Funk sagte, dass er und Jack die Maschine gefunden hatten, änderten sie ihren Plan. Sie riefen ihren Boss an, der ihnen das Wasserflugzeug schickte. Ich habe alles mit angehört.«

»Das Wasserflugzeug wurde bereits abgefangen«, sagte Malone. »Und die Diamanten stammen vermutlich aus einem Einbruch bei einem Edelsteingroßhändler im Norden Floridas. Vor zwei Wochen wurden da mehrere Hundert Rohdiamanten im Wert von zwei Millionen Dollar gestohlen. Es würde mich nicht wundern, wenn wir die gestohlenen Steine in den Mägen der toten Tiere finden.«

»Plus die von Calvin und Mervyn«, sagte Jack. »Die beiden sind für die Einbruchserie in Homestead verantwortlich. Sie haben Schmuck gestohlen, die Diamanten rausgebrochen und an die Schmuggler verkauft.«

»Ich denke, sie werden ein Geständnis ablegen«, sagte Sheriff Malone zuversichtlich. »Diebstahl ist eine Sache, versuchter Mord etwas ganz anderes. Ich kann mir nicht vorstellen, dass die beiden damit in Verbindung gebracht werden wollen.« Er nickte anerkennend. »Alle Achtung. Ihr habt ganze Arbeit geleistet. Das müsst ihr mir alles in Ruhe erzählen. Aber jetzt fahren wird erst mal zurück.«

»Es gibt da noch eine Sache, die erledigt werden muss«, sagte Logan. »Wir hatten nämlich unfreiwillig Hilfe.«

Malone runzelte die Stirn. »Von wem denn?«

»Von einem Drachen«, sagte Mr Conway. »Jedenfalls dachte ich, dass es einer wäre.«

»Aber es ist kein Drache«, sagte Jack. »Sondern ein Waran.«

»Ein ziemlich großes Tier«, fügte Logan hinzu. »Sicher an die zwei Meter lang.«

»Ein Waran?«, fragte Sheriff Malone erstaunt. »Wie kommt der denn in die Everglades? Hier leben doch gar keine Warane.«

»Ich glaube, bei der Aufklärung können wir behilflich sein«, sagte Jack und grinste.

Anhand ihrer Beschreibung konnte der Mann, der sich als Simon Schuster ausgegeben hatte, schnell gefunden werden. In Wirklichkeit hieß er Hank Bones und wohnte tatsächlich in Homestead. In seinem Haus im Westen der Stadt hielt er sich eine ganze Schar exotischer Tiere, viele davon illegal.

Bones gab alles zu. Er hatte den Waran vor ein paar Tagen in den Garten gelassen und vergessen, ihn abends wieder ins Haus zu holen. Am nächsten Morgen war das Tier verschwunden. Ausgebüxt. Und weil Bones fürchtete, dass der Waran in den Nationalpark gelaufen sein könnte und ihn eine saftige Strafe erwartete, falls das herauskäme, meldete er den Vorfall nicht, sondern versuchte, das Tier auf eigene Faust zu fangen. Deshalb hatte er Seil, Kabelbinder und einen Maulkorb im Boot, als Jack ihn getroffen hatte. Die Hähnchen verteilte er, um die Echse anzulocken. Er injizierte ihnen ein Betäubungsmittel, das den Waran für mehrere Stunden außer Gefecht setzen sollte. Zum Glück wusste Bones noch, wo er die Köder ausgelegt hatte. Tramp und Basil sammelten sie daraufhin ein, bevor andere Tiere sie fressen konnten.

»Wie seid ihr auf unsere Spur gekommen?«, wollte Jack von Charlotte wissen, als sie zurück in der Rangerstation waren.

»Die Durbridges haben mich beim Jugendamt abgeladen und ich wusste, dass ich meine Unschuld selber beweisen muss«, erklärte sie. »Deshalb bin ich abgehauen und hab erst mal nachgedacht. Dann habe ich Mr Conway gebeten, mir zu helfen. Und er hat sofort zugestimmt. Das war kurz, nachdem ihr mit ihm gesprochen hattet. Wir sind dann zu diesem Mervyn gefahren und ich habe mich zum Haus geschlichen. Zum Glück stand das Wohnzimmerfenster offen, deshalb konnte ich mit anhören, worüber er und Calvin sich unterhalten haben. Die waren total außer sich und haben immer wieder gesagt, dass sie *die Schweine* umbringen würden, wenn sie sie in die Finger bekämen.«

»Damit meinten sie uns«, sagte Jack. »Nachdem wir vor ihnen abgehauen waren.«

»Was ist dann passiert?«, fragte Logan.

»Das Handy von Mervyn klingelte und er hat sich Koordinaten notiert«, fuhr Charlotte fort. »Die hat er so laut wiederholt, dass ich sie bequem mitschreiben konnte. Dann legte er auf und sagte zu Calvin, dass *die anderen das Zeug* gefunden hätten und sie hinkommen sollten. Und dann sind sie aufgebrochen.«

»Wieso habt ihr nicht Sheriff Malone alarmiert?«, fragte Jack.

»Was hätten wir ihm sagen sollen?«, fragte Charlotte zurück. »Wir hatten ja lediglich ein paar Koordinaten. Es gab keinen Beweis dafür, dass mit *dem Zeug* Diamanten gemeint waren. Und auch keinen, dass Mervyn und Calvin bei den Durbridges eingebrochen sind. Außerdem war ich gerade vom Jugendamt abgehauen und die Polizei suchte nach mir.« Sie schüttelte den Kopf. »Wenn ich meine Unschuld beweisen wollte, brauchte ich mehr. Deshalb sind Mr Conway und ich den beiden gefolgt. Natürlich mit viel Abstand, damit sie uns nicht hören. Aber das war auch kein Problem, schließlich hatten wir ja die Koordinaten.« Charlottes Stimme nahm einen ernsten Unterton an. »Durch das Fernglas habe ich beobachtet, wie sie mit ihrem Propellerboot im Mangrovendickicht verschwunden sind. Und dann – ich weiß auch nicht, warum – habe ich mein Smartphone genommen und die Tracking-App aktiviert. Dadurch habe ich gesehen, dass ihr auch in den Mangroven wart. Da habe ich die Zusatzfunktion benutzt.«

»Welche Zusatzfunktion?«, fragte Jack und warf Logan einen erstaunten Blick zu.

»Die akustische Überwachung«, fiel es Logan wie Schuppen von den Augen. »Wollte ich euch auch noch sagen. Hatte nur noch keine Gelegenheit dazu.«

»Soll das heißen, man kann mit der App auch Gespräche abhören?«, fragte Jack.

Charlotte nickte. »Auf diese Weise haben wir erfahren, was im Mangrovendickicht vor sich geht und was die Schmuggler planen. Als sie die Kieferninsel in nördlicher Richtung als Treffpunkt nannten, sind wir dorthin gefahren und haben über Funk Sheriff Malone alarmiert. Dann haben wir uns auf die Lauer gelegt. Kurz darauf seid ihr aufgetaucht und es war nicht sicher, ob der Sheriff es noch rechtzeitig schafft. Deshalb haben wir diese Show abgezogen.«

»Und euch in große Gefahr begeben«, sagte Logan nachdenklich. »Warum hast du uns nicht Bescheid gegeben, nachdem deine Pflegeeltern dich zum Jugendamt gebracht hatten? Wir hätten dir doch auch helfen können.«

Charlotte nickte niedergeschlagen. »Ich weiß …«

»Du hast uns misstraut«, sagte Logan. »Weil wir dir bei der Geschichte mit dem Diamanten misstraut haben.«

Charlotte schluckte. »Es tut mir leid.«

»Wir alle haben Fehler gemacht«, sagte Jack. »Aber Fehler sind nichts Schlechtes. Solange man aus ihnen lernt.« Er stand auf. »Kommt mit.«

»Wohin?«, fragte Logan überrascht.

»Wirst du schon sehen. Ich will euch etwas zeigen.«

»Was denn?«

Jack lächelte. »Hab einfach Vertrauen.«

Die untergehende Sonne tauchte den Himmel in ein Meer aus Rottönen, als Jack das Boot durch die Schneise im Mangrovengürtel lenkte. Er führte Charlotte und Logan zum See mit den Seekühen und setzte sich mit ihnen auf die große Baumwurzel.

»Wow«, sagte Logan beeindruckt. »Das ist ja ein cooler Ort. Wann hast du ihn entdeckt?«

»Vor einem Jahr«, sagte Jack.

Logan sah ihn überrascht an. »Vor einem Jahr?«

Jack seufzte. »Ich habe dir diesen Ort nicht gezeigt, weil ich ihn für mich alleine haben wollte. Eigentlich sollte ihn niemand sehen. Aber dann habe ich Charlotte hierhergebracht. Und plötzlich hatte ich ein schlechtes Gewissen, dass ich ihn dir nicht auch gezeigt hatte.« Er warf Logan einen betrübten Blick zu. »Tut mir echt leid, Kumpel. So sollte man nicht mit Freunden umgehen. Meinst du, du kannst mir verzeihen?«

»Da gibt's nicht zu verzeihen«, erwiderte Logan. »Jeder hat ein Recht auf Geheimnisse. Wieso auch nicht?«

»Du bist nicht sauer?«

Logan schüttelte den Kopf.

Jack fiel ein Stein vom Herzen. »Mann, jetzt bin ich aber echt erleichtert.«

Plötzlich hielt er inne. »Sekunde mal, was hast du gesagt? Jeder kann Geheimnisse haben? Heißt das, du hast auch welche vor mir?«

»Ja klar«, antwortete Logan.

»Und was sind das für Geheimnisse?«, fragte Jack. »Ich meine, wann hattest du denn vor, mir davon zu erzählen?«

Logan grinste Charlotte an.

»Wusstest du etwa davon?«, fragte Jack empört.

Charlotte legte ihm die Hand auf die Schulter. »Er nimmt dich doch nur auf den Arm.«

»Tust du das?«, fragte Jack.

»Vielleicht«, gab Logan achselzuckend zurück.

Dann musste er lachen. Und die beiden anderen fielen ein.

Später, als Jack Charlotte nach Homestead fuhr, entschuldigte sich Logan bei Tramp.

»Ich habe deine Sachen durchsucht«, sagte er. »Weil ich dachte, du könntest der Diamantendieb sein. Das tut mir echt leid.«

»Ist schon okay«, sagte Tramp. »Ich war ja auch nicht gerade nett in letzter Zeit. Es geht echt an die Nieren, wenn dir die Entlassung droht.«

»Du bist nicht mehr sauer?«

»Ich war es nie.« Tramp lächelte.

»Dann habe ich noch eine Frage«, sagte Logan.

»Raus damit.«

»Wieso liegen Prospekte von Fernreisen auf deinem Schreibtisch?«

Tramp grinste. »Ich erzähle es dir, wenn du mir versprichst ...«

»Hey, kommt schnell!« Basil winkte ihnen vom Gästehaus aus zu. Sie sprinteten los.

»Was ist passiert?«, fragte Tramp außer Atem.

»Es geht um Doktor Harrington«, sagte Basil und führte sie in die Küche. Der Hydrologe lag auf dem Boden.

Logan schluckte. »Ist er ... tot?«

»Er schläft«, sagte Basil. »Aber lässt sich nicht wecken. Ich habe alles probiert.« Er hob den Blick. »Was hat er nur?«

Tramp warf einen Blick auf den Küchentisch, wo ein Teller mit kross gebratenem Fleisch stand. »Vielleicht hat er das Essen nicht vertragen.«

»Deshalb fällt man doch nicht in Ohnmacht«, sagte Basil. »Oder ist er gegen Hähnchen allergisch?«

Logan riss die Augen auf. »Moment mal!«

Er stürzte hinaus und rannte zum Haupthaus. Im Labor warf er einen Blick in den Kühlschrank. Dann wusste er Bescheid.

»Ich weiß, was er hat«, sagte er, nachdem er zurückgekehrt war. »Er hat eins der Hähnchen gegessen, die dieser Bones für den Waran ausgelegt hat.«

»Was?«, rief Basil aus. »Woher weißt du das?«

»Wir haben vor ein paar Tagen eins im Sumpf gefunden«, erklärte Logan. »Da wussten wir noch nicht, dass sie Betäubungsmittel enthalten. Wir wollten das Hähnchen analysieren, hatten aber noch keine Zeit dafür. Deshalb habe ich es im Kühlschrank im Labor gelagert.«

»Und wieso brät es Doktor Harrington und isst es?«, fragte Tramp und sah zu Basil. »Ich dachte, er hält Diät.«

»Genau das ist der Punkt«, sagte Logan. »Ich habe ihn vor ein paar Tagen in der Küche erwischt, als er sich heimlich was zu essen holte. Da habe ich ihm von meinem Geheimversteck hinter dem Kühlschrank im Labor erzählt und gesagt, er könne sich daran bedienen, falls er Heißhunger bekäme. Dabei hat er vermutlich das Hähnchen entdeckt, es ist über ihn gekommen und ...«

»... jetzt hat er eine gehörige Portion Schlafmittel intus.« Tramp sah zu Basil. »Meinst du, das ist gefährlich?«

Der Wildhüter schüttelte den Kopf. »Das Zeug wird auch für Schlaftabletten verwendet. Doktor Harrington macht bloß ein Nickerchen. Ich würde sagen, das gönnen wir ihm mal.«

Die Durbridges waren am Boden zerstört. Sie hatten Charlotte des Diebstahls verdächtigt, obwohl sie den Diamanten nicht gestohlen hatte. Denn es stellte sich heraus, dass der Edelstein, den Mrs Durbridge zwischen Charlottes Sachen gefunden hatte, tatsächlich nicht von dem gestohlenen Armband stammte. Er sah diesem nur ziemlich ähnlich, deshalb war Mrs Durbridge davon überzeugt gewesen, dass nur Charlotte ihn gestohlen haben konnte.

Die blasse Frau bat ihre Pflegetochter um Entschuldigung und bot ihr an, wieder zu ihnen zu kommen. Aber Charlotte wollte nicht. Sie hatte jegliches Vertrauen in sie verloren. Das bedeutete, dass Charlotte Florida verlassen würde.

Als sie es ihren Freunden sagte, war Logan verzweifelt. Jack hingegen schien die Ankündigung nicht besonders zu berühren. Er schwieg zu Charlottes Entscheidung und lud sie für den Abend zu sich nach Hause ein.

»Wir möchten dir etwas zeigen«, sagte Jacks Dad, nachdem sie eine Weile geplaudert hatten. Gemeinsam mit Candle und Jack gingen sie in den hinteren Teil des Hauses.

»Das ist bisher unser Abstellraum«, erklärte Jacks Dad, als sie das Zimmer am Ende des Flurs betraten.

Charlotte nickte. »Jack hat ihn mir schon gezeigt.«

»Das lässt sich aber alles rausschaffen«, sagte Candle. »Vieles von dem Zeug brauchen wir gar nicht mehr. Und wir haben ja auch noch das Gartenhäuschen, da passt eine Menge rein. Wenn alles draußen ist, steht das Zimmer wieder zur Verfügung. Ein bisschen frische Farbe an die Wände, Vorhänge vor die Fenster – schon ist es ein superschönes Zimmer.«

»Dann können Sie es untervermieten«, sagte Charlotte. »An Touristen.« Plötzlich kam ihr eine Idee. »Oder Sie lassen Mr Conway darin wohnen. Damit er nicht mehr auf der Straße leben muss.«

»Mr Conway bekommt eine Unterkunft von der Stadt«, sagte Candle. »Der Bürgermeister hat sich seinen Fall angesehen. Mr Conway ist ja nur deshalb auf der Straße gelandet, weil er seinen Kindern geholfen hat. Er hat ihnen Geld für ihre Ausbildung geschickt und konnte sich deshalb keine Versicherung leisten. Außerdem hat er mitgeholfen, die Diamantenschmuggler zu schnappen. Bürgermeister Travis meint, das muss belohnt werden. Deshalb bekommt Mr Conway eine Unterkunft zur Verfügung gestellt, in der er ein Jahr lang kostenlos wohnen kann. Danach kann er sie mieten, wenn er will.«

Charlotte nickte zufrieden. »Das hört sich gut an. Dann also doch Touristen.«

»Nein«, sagte Jacks Dad bestimmt. »Wir wollen das Zimmer nicht untervermieten. Wir wollen, dass du hier einziehst.«

Charlotte glaubte, sich verhört zu haben. »Ich ... verstehe nicht ...«

Candle legte ihr eine Hand auf die Schulter. »Mit dir ist

nicht fair umgegangen worden. Und wir mögen dich.« Sie warf ihrem Sohn einen Blick zu. »Jack mag dich.«

Er wurde rot.

»Außerdem bist du doch sowieso dauernd hier«, sagte Mr Matthews. »Es spricht also einiges dafür, dass du hier einziehst.«

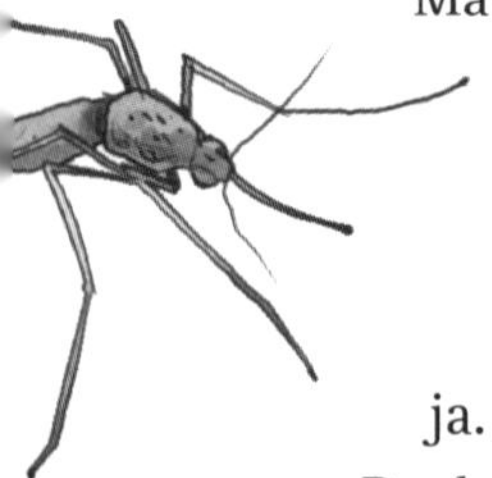

»Soll das heißen, Sie ... wollen mich ...«, stotterte Charlotte.

Jacks Dad nickte. »Wir wollen dich adoptieren, ja. Aber nur, wenn du das auch willst.«

»Du brauchst dich nicht sofort zu entscheiden«, fügte Candle hinzu. »Du kannst dir so viel Zeit lassen, wie du ...«

»Ich will«, platzte es aus Charlotte heraus.

Jacks Eltern wechselten einen überraschten Blick und strahlten. »Na dann.«

Jack nahm Charlotte in den Arm und drückte sie fest an sich. Dann sah er ihr tief in die Augen und sagte: »Willkommen daheim, Schwester.«

Logan nahm die Neuigkeit begeistert auf. »Dann sparst du dir die dämliche Rumfahrerei«, stellte er zufrieden fest. »Und wir haben mehr Zeit zusammen in *Wild Claws*.«

Und das war auch nötig, denn obwohl Bürgermeister Travis seine Drohung, eine der beiden Wildhüterstellen zu streichen, zurücknahm, war fehlendes Geld nach wie vor ein Problem.

»Wir könnten Wildlife-Touren anbieten«, schlug Logan seiner Mum vor, »bei denen man nicht nur die üblichen Tiere zu sehen bekommt, sondern auch noch ein paar Abenteuer abseits der Wege erlebt. Bei der Gelegenheit können wir gleich die Messstationen kontrollieren und die Besucher über die Umweltprobleme in den Everglades informieren. Schließlich kann man sich nur für Naturschutz einsetzen, wenn man weiß, dass er notwendig ist.«

»Ein guter Plan«, fand auch Doktor Harrington. »Wenn ihr einen Teil der Arbeit übernehmen würdet, wird die Universität euch dafür bezahlen. Das wäre eine zusätzliche Einnahmequelle für euch. Und ich spare mir die unangenehme Fliegerei.«

Auch Basil und Tramp waren Feuer und Flamme für den Plan. Und schließlich stimmte auch Sarah zu. Unter einer Bedingung: »Keine Heldentaten mehr! Und wenn ich anordne, dass ihr nicht in den Sumpf fahrt, haltet ihr euch daran. Versprochen?«

»Versprochen!«, riefen alle drei und lachten.

»Wie sollen wir unsere Wildlife-Touren nennen?«, fragte Logan später, als er mit Jack und Charlotte Richtung Vogelgehege schlenderte, um den Flamingo zu beringen.

»Coole Sumpftouren für jedermann«, schlug Jack vor.

»Wildlife Special Travel«, steuerte Charlotte bei.

»Dark Jungle Adventures«, sagte Logan.

Sie erreichten das Flamingogehege. Ringo krächzte ihnen entgegen. Er schien zu spüren, was die drei vorhatten. Und er war davon nicht begeistert.

»Diesmal muss es klappen«, flüsterte Logan. »Beim ersten Mal. Sonst verletzt sich Ringo noch.«

»Wir müssen als Team arbeiten«, wisperte Jack. »Jeder übernimmt seine Aufgabe und vertraut den anderen. Dann klappt es.«

»Also los.« Charlotte hob das Netz und bewegte sich langsam auf Ringo zu. Der Flamingo beobachtete sie skeptisch.

»Hey, Ringo-Flamingo«, sagte Charlotte mit ruhiger Stimme. »Keine Angst, ich tu dir nichts. Wir wollen dir nur helfen.«

Der Flamingo neigte den Kopf zur Seite.

»Er hört dir zu«, sagte Jack und hielt das Werkzeug zum Anbringen des Rings bereit. »Das ist gut. Rede weiter!«

Charlotte schaute skeptisch. »Was soll ich denn sagen?«

»Ist völlig egal«, erwiderte Jack. »Hauptsache reden.«

Ringo sah abwechselnd zu Charlotte und Jack. Offenbar fragte er sich, was diese beiden seltsamen Wesen miteinander besprachen. Besonders helle klang es jedenfalls nicht.

»Flamingos sind super«, fuhr Charlotte fort und redete weiter auf Ringo ein. »Die besten Vögel der Welt. Flamingos sind meine Lieblingstiere.«

»Ich dachte, das sind Seekühe«, hakte Jack ein.

»Das weiß doch Ringo nicht«, gab Charlotte zurück.

Immer schneller folgte der Kopf des Flamingos dem Gespräch der beiden.

»Aber er spürt es«, sagte Jack.

»Woher willst du das wissen?«

»Intuition.«

»Jetzt!«, rief Logan. Charlotte warf das Netz. Ringo war so überrascht, dass er vergaß zu flüchten. Logan schlang einen Arm um den Körper des Vogels und hielt ihm mit dem anderen den Schnabel zu. Und ehe Ringo sich versah, hatte Jack ihm den Ring am Bein befestigt.

Logan ließ den Vogel los, Charlotte nahm das Netz ab und Jack öffnete das Gehege. Schimpfend flatterte Ringo hinaus und flog davon.

»Mach's gut, Ringo-Flamingo«, sagte Charlotte und winkte ihm nach.

»Das ist es!«, rief Logan aus. *»Ringo's Flamingotours.«*

Logan sah zu Charlotte. Charlotte zu Jack.

»Klingt super«, sagte Charlotte.

»Und als Logo nehmen wir einen Flamingo«, fügte Jack hinzu.

»Ringo's Flamingo Tours.« Logan nickte zufrieden. »Auf geht's, Freunde. Wir haben viel zu tun!«

Rüdiger Bertram / Heribert Schulmeyer

Voll super, Helden

Einer muss den Job ja machen

Juli ist auf alles gefasst, als er im Zug gen Norden sitzt. Dass er die Sommerferien im Luxushotel seines Onkels jedoch nicht alleine, sondern mit seiner Nervziegen-Cousine Jenny verbringen muss, ist erst der Anfang des unglaublichsten Ferienabenteuers aller Zeiten: Denn dort am Pool lümmeln sich Juli seltsam bekannt vorkommende Gestalten. Ist das dort drüben etwa Rocketman aus seinem Lieblingscomic? Doch bevor Juli und seine Cousine Jenny herausfinden können, was es mit den Hotelgästen genau auf sich hat, stellt plötzlich ein viel größeres Problem alles in den Schatten: der fiese Schurke Kästle möchte alle Schokoladenvorräte der Welt vernichten!

Arena

144 Seiten • Gebunden
ISBN 978-3-401-60466-4
www.arena-verlag.de

T. Spexx

Secrets of Amarak

Spione der Unterwelt

Nach einem Jahr erhält Alexander Mercurius endlich eine Nachricht von seinen verschollenen Eltern. Doch als er den merkwürdigen Briefumschlag erwartungsvoll öffnet, enthält der nur ein leeres Blatt Papier! Alex' Freunde Rebecca und Joe sind sich sicher, dass trotzdem mehr dahintersteckt. Vielleicht ist der Brief eine Warnung? Die Suche nach Anhaltspunkten führt die drei in ein dunkles Gängesystem unter der Stadt. Zu spät merken sie, dass ihnen jemand gefolgt ist.

Stadt der Schatten

Niemand kann sich erklären, was in London los ist. Immer wieder gibt es kleine Explosionen, selbst Gebäude sind schon eingestürzt. Alex, Joe und Rebecca fragen sich, ob der totgeglaubte LaPorta dafür verantwortlich ist. Doch dann wird ihnen eine geheimnisvolle Karte zugespielt. Sie verändert sich von Tag zu Tag und zeigt ein geheimnisvolles Netzwerk, das die Stadt durchzieht. Um die Zerstörungen aufzuhalten, haben die drei nur eine Chance: Sie müssen dieses Netzwerk durchbrechen!

248 Seiten • Gebunden
ISBN 978-3-401-60206-6
Beide Bände auch
als E-Book erhältlich

Arena

240 Seiten • Gebunden
ISBN 978-3-401-60313-1
www.arena-verlag.de